千年笔墨见东坡

SU DONG PO

华中科技大学出版社
http://press.hust.edu.cn
中国·武汉

明月依旧——数字东坡

临李公麟扶杖醉坐图
清 朱鹤年 台北故宫博物院藏

解锁"动态东坡"数字形象

《苏轼像》
清 叶衍兰 中国国家博物馆藏

《书前后赤壁赋》册首苏东坡小像
元 赵孟頫 台北故宫博物院藏

《苏东坡像》
清　佚名　中国国家博物馆藏

《东坡笠屐图》北宋　李公麟（传）　藏地不详

《苏文忠公笠屐图》
清　余集　藏地不详

《苏东坡像赞》
景沂　藏地不详

目录

* 本册尽可能多地收录苏轼真迹，后人钩填、托名等书画作品，为全面解读其艺术风格提供参考。

明月依旧——数字东坡 ………………………… 2

第一部分
雪泥鸿爪：苏东坡的书画人生

我书意造本无法 ………………………… 8

宝月帖（致杜氏五札之一） ………………………… 9
治平帖 ………………………… 11
致运句太傅帖 ………………………… 12
致至孝廷平郭君帖 ………………………… 13
自书后杞菊赋 ………………………… 14
木石图（枯木怪石图） ………………………… 17
天际乌云帖（嵩阳帖）（复本） ………………………… 18
北游帖（致坐主久上人尺牍） ………………………… 20
啜茶帖（致道源帖） ………………………… 20
次韵秦太虚见戏耳聋诗帖 ………………………… 20
雨竹图 ………………………… 22
净因院画记（画记） ………………………… 25
京酒帖 ………………………… 26
新岁展庆帖 ………………………… 27
吏部陈公诗跋 ………………………… 28
杜甫桤木诗卷（杜工部桤木诗卷帖）（摹本） ………………………… 31
黄州寒食诗帖（寒食帖） ………………………… 32
获见帖（致长官董侯尺牍） ………………………… 35
前赤壁赋卷 ………………………… 36
一夜帖（致季常尺牍） ………………………… 38
覆盆子帖 ………………………… 39
归去来兮辞卷 ………………………… 41
职事帖（致主簿曹君尺牍） ………………………… 42
楚颂帖拓本（种橘帖） ………………………… 43
人来得书帖 ………………………… 44
阳羡帖（买田阳羡帖） ………………………… 44
潇湘竹石图 ………………………… 47
屏事帖 ………………………… 48
久留帖 ………………………… 48
遗过子帖尺牍 ………………………… 49
跋宋王诜烟江叠嶂图卷 ………………………… 50
归安丘园帖（致子厚宫使正议尺牍） ………………………… 52
题王诜诗帖 ………………………… 53
归院帖 ………………………… 53
祭黄几道文卷（局部） ………………………… 55
次韵三舍人省上诗帖 ………………………… 56
墨竹图 ………………………… 58
东武帖 ………………………… 59
书和靖林处士诗后 ………………………… 60
次辩才韵诗帖 ………………………… 62
春中帖 ………………………… 64
李白仙诗卷 ………………………… 64
南轩梦语帖 ………………………… 65
令子帖 ………………………… 65
洞庭中山二赋（局部） ………………………… 67
致南圭使君帖 ………………………… 68
墨竹图 ………………………… 68
渡海帖（致梦得秘校尺牍） ………………………… 71
江上帖（邂逅帖） ………………………… 71
独乐园诗 ………………………… 73
尊丈帖 ………………………… 73
答谢民师论文帖卷（娄坚补录） ………………………… 74
西湖诗卷 ………………………… 77
东坡题竹图轴 ………………………… 78
东坡骑驴图 ………………………… 79
苏轼留带图 ………………………… 80
东坡朝云图 ………………………… 81
醉翁亭记（碑拓局部） ………………………… 82
齐州长清真相院舍利塔铭（碑拓局部） ………………………… 86

成竹在胸，物我合一 ………………………… 88

墨竹图 ………………………… 89
墨竹图 ………………………… 89
古木怪石图 ………………………… 90
墨竹图（传为苏、米合卷） ………………………… 92
墨竹图 ………………………… 94
墨竹图 ………………………… 95
古柏图 ………………………… 96

第二部分
千古遗爱：书画中的苏东坡

诗画本一律，天工与清新：《赤壁赋》 …… 100
东坡赤壁图 …… 101
后赤壁赋图 …… 103
赤壁图全卷 …… 104
赤壁图 …… 107
赤壁图 …… 108
后赤壁赋图 …… 109
赤壁胜游图页 …… 110
赤壁图册页 …… 113
赤壁图 …… 115
赤壁胜游图 …… 116
赤壁胜游图 …… 118
仿赵伯骕后赤壁图卷 …… 120
缂丝仇英后赤壁赋图卷 …… 121
书前后赤壁赋 …… 122
前后赤壁赋书画 …… 124
书前后赤壁赋（册页） …… 126
书苏轼《前赤壁赋》 …… 128
檃括前赤壁赋 …… 130
草书赤壁赋 …… 132

无数心花发桃李：西园雅集 …… 134
西园雅集图 …… 136
西园雅集图（原作已佚） …… 138
西园雅集图（春游赋诗） …… 140
西园雅集图（扇面） …… 142
西园雅集图 …… 143
西园雅集图 …… 144
西园雅集图 …… 145
西园雅集图（画芯） …… 146
西园雅集图 …… 147
西园雅集图 …… 148
西园雅集图 …… 149
西园雅集图卷 …… 150
西园雅集图卷 …… 152

第三部分
达心适意：苏东坡的艺术精神

虽无常形而有常理 …… 156
沙汀烟树图 …… 157
仙山楼阁图 …… 158
修篁树石图 …… 159
双松平远图 …… 160
松泉图 …… 162
起居平安图 …… 163
淇澳清风图 …… 164
中庭步月图 …… 166
拳石菖蒲图并跋 …… 167
苑西墨禅室画山水图 …… 168
柴门送客图 …… 170
艳雪亭夜集图 …… 171
答赠菊作山水 …… 172
锦石秋花图 …… 173
赤壁图 …… 175

书无常形，笔以尚意 …… 176
草书后赤壁赋 …… 177
元宵有怀南安旧治 …… 178
廷试东阁阅诗卷 …… 179
唐宋词（局部） …… 180
五言律诗 …… 182
奉天殿早朝诗 …… 183
题武夷山图诗并临米帖 …… 184
张子房留侯赞 …… 185
书杜甫诗句 …… 187
背临米芾书欧阳修《相州昼锦堂记》 …… 187
佚题 …… 187
上朱侍御三札 …… 188
题画诗文 …… 191
致纪晓岚二札 …… 192

中国古典绘画流变图：苏轼文人画观的影响 …… 196
中国书法简史图：苏轼书法的价值 …… 198

第一部分 苏东坡的书画人生

我书意造本无法

此处"大人"指苏东坡的父亲苏洵。

「苏东坡存世墨迹的开端」

指苏东坡的宗亲僧人惟简，宋仁宗赐号"宝月"。

指苏洵好友杜叔元的儿子杜道源。此时恰逢杜道源新上任，苏洵忙于要事，苏东坡写此帖代为问候。

指苏洵参与编撰的《太常因革礼》一百卷。

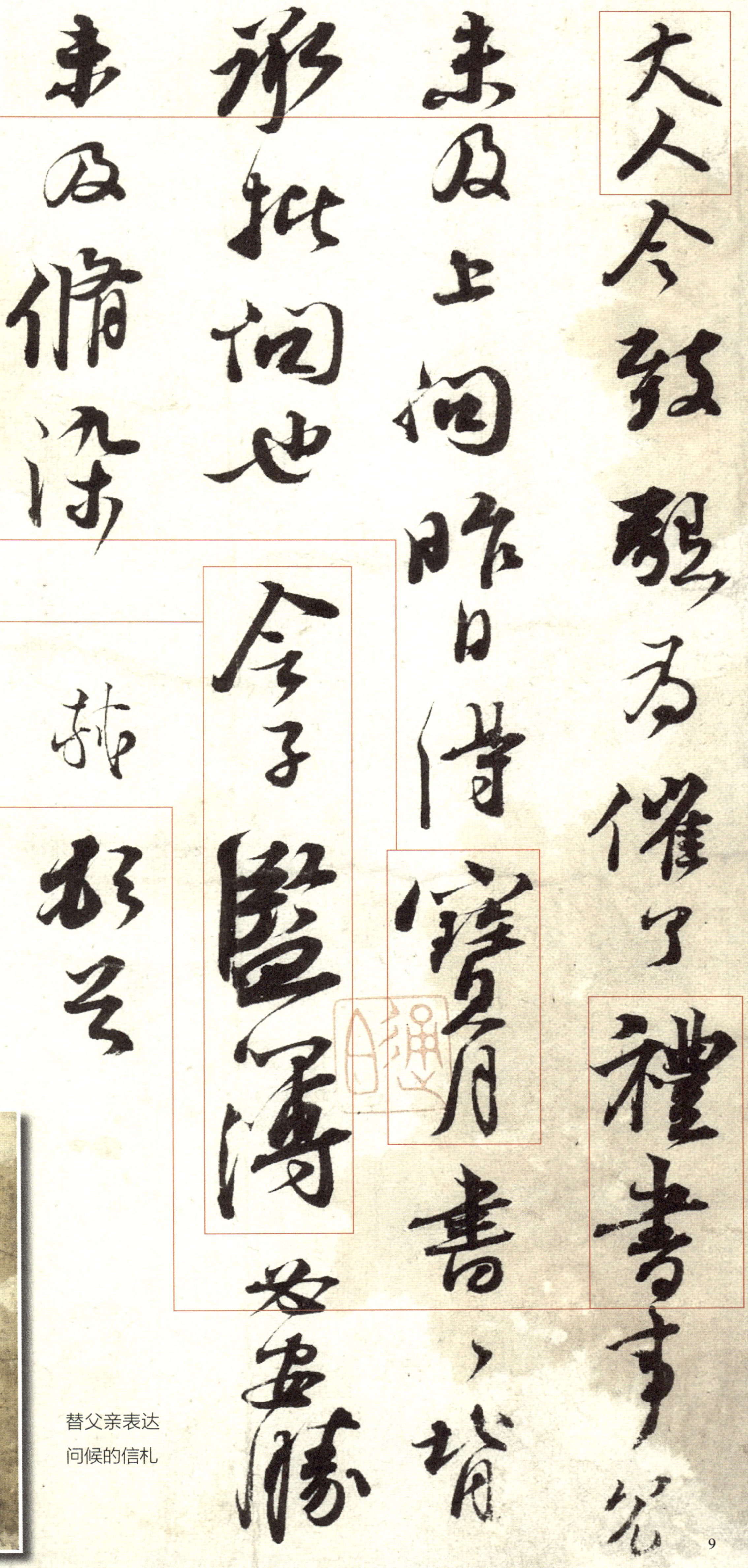

宝月帖（致杜氏五札之一）
纸本行书
纵23厘米，横17.7厘米
台北故宫博物院藏

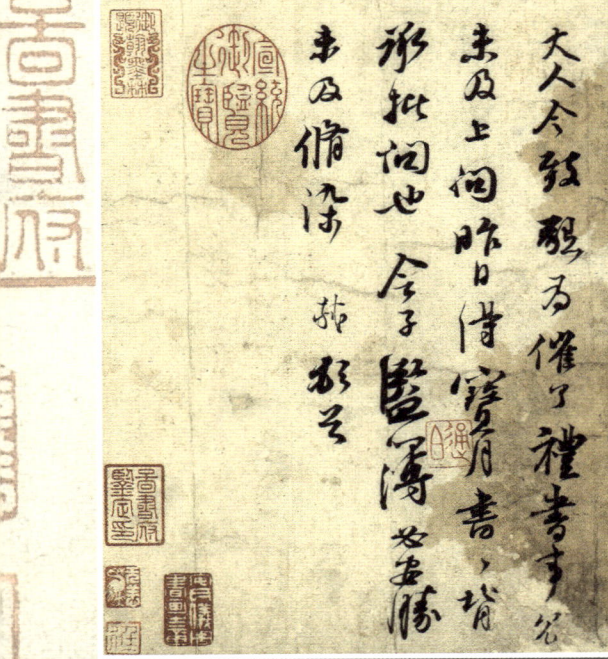

替父亲表达问候的信札

9

示及石頭橋壩頭南靈墳塋地頻照管程六小心否惟頻與提舉至要似欠书蜀中一卻歸去相見未間惟佳勝之不宣

軾手啓上

治平史院主徐大師二大士 傳者

八月十六日

印文"吳江張基德載圖書"，張基，字德載，清代人。

程六是蘇東坡姐姐蘇八娘的丈夫程之才的弟弟。

轼启久别思念不忘远想
体中佳胜
法眷各无恙
佛阁必已成就
焚修不易数年念经度得几人徒弟
应师仍在思蒙住院如何略望

明人所画苏东坡像

「字画风流韵胜
——赵孟頫」

印文"商丘宋荦审定真迹"，
宋荦为清代鉴藏家。

轼启。久别思念不忘，远想体中佳胜，法眷各无恙。佛阁必已成就，焚修不易。数年念经，度得几人徒弟。应师仍在思蒙住院，如何？略望示及。石头桥、堋头两处坟茔，必烦照管。程六小心否，惟频与提举是要。非久求蜀中一郡归去，相见未间，惟保爱之，不宣。轼手启上。治平史院主、徐大师二大士侍者。八月十八日。

托僧人照看家乡的两处坟茔

吴郡释东皋妙声书《东坡先生像赞》

治平帖

纸本行书　纵29.2厘米，横45.2厘米　故宫博物院藏

致运句太傅帖

纸本行书　纵 25.6 厘米，横 24.5 厘米　台北故宫博物院藏

对朋友赠送的香盒表达赞美

轼启。适辱教不果。
即答悚悚。晚来尊体佳安。
惠贶临安香合极佳妙。
领意之厚，敢不捧当。
但深感怍也。谨奉启。
上谢不宣。轼再拜。
运句太博阁下。
十六日。

刚柔并济
融入巧思

香盒：焚香是宋人的"四雅事"之首

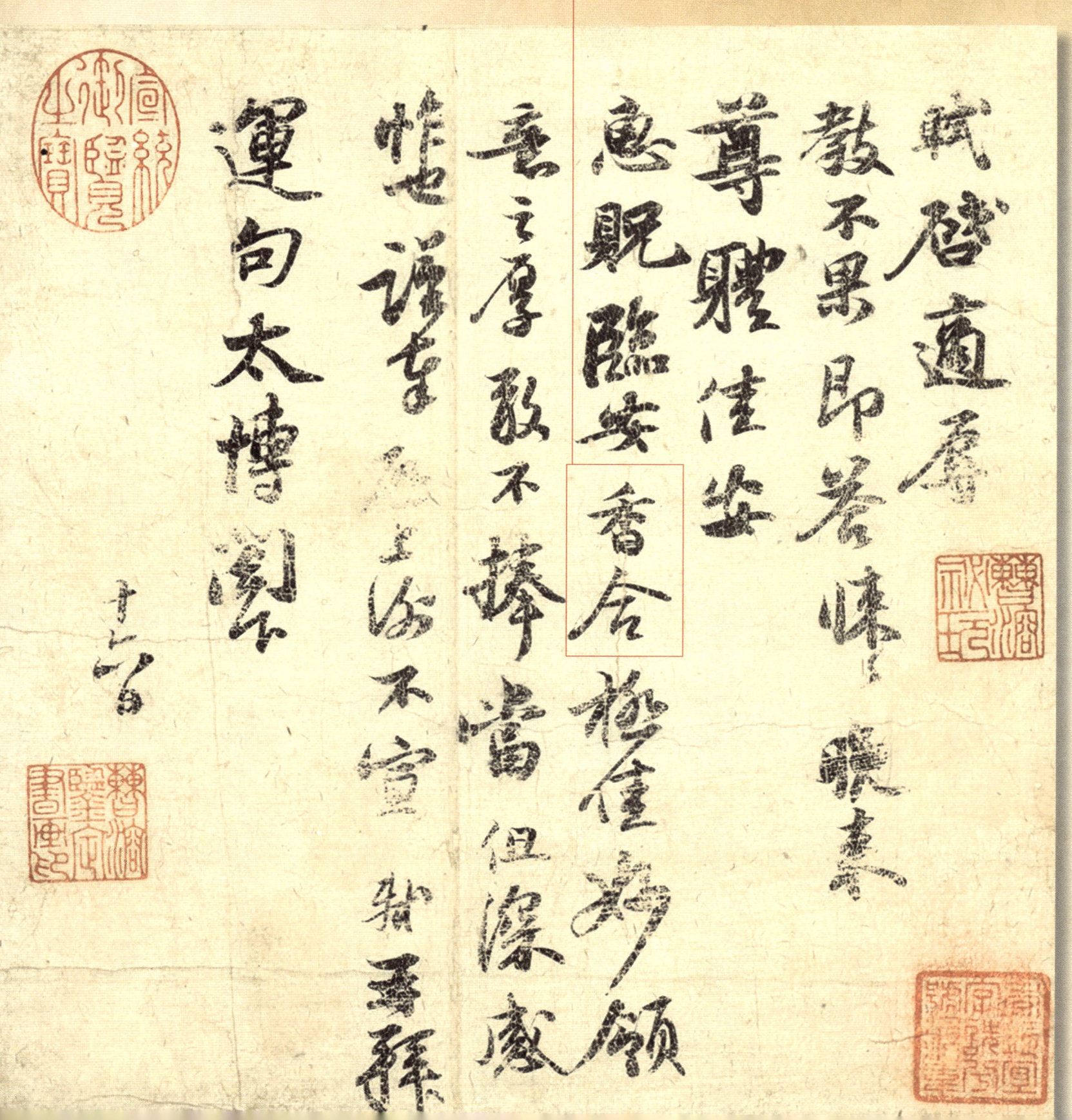

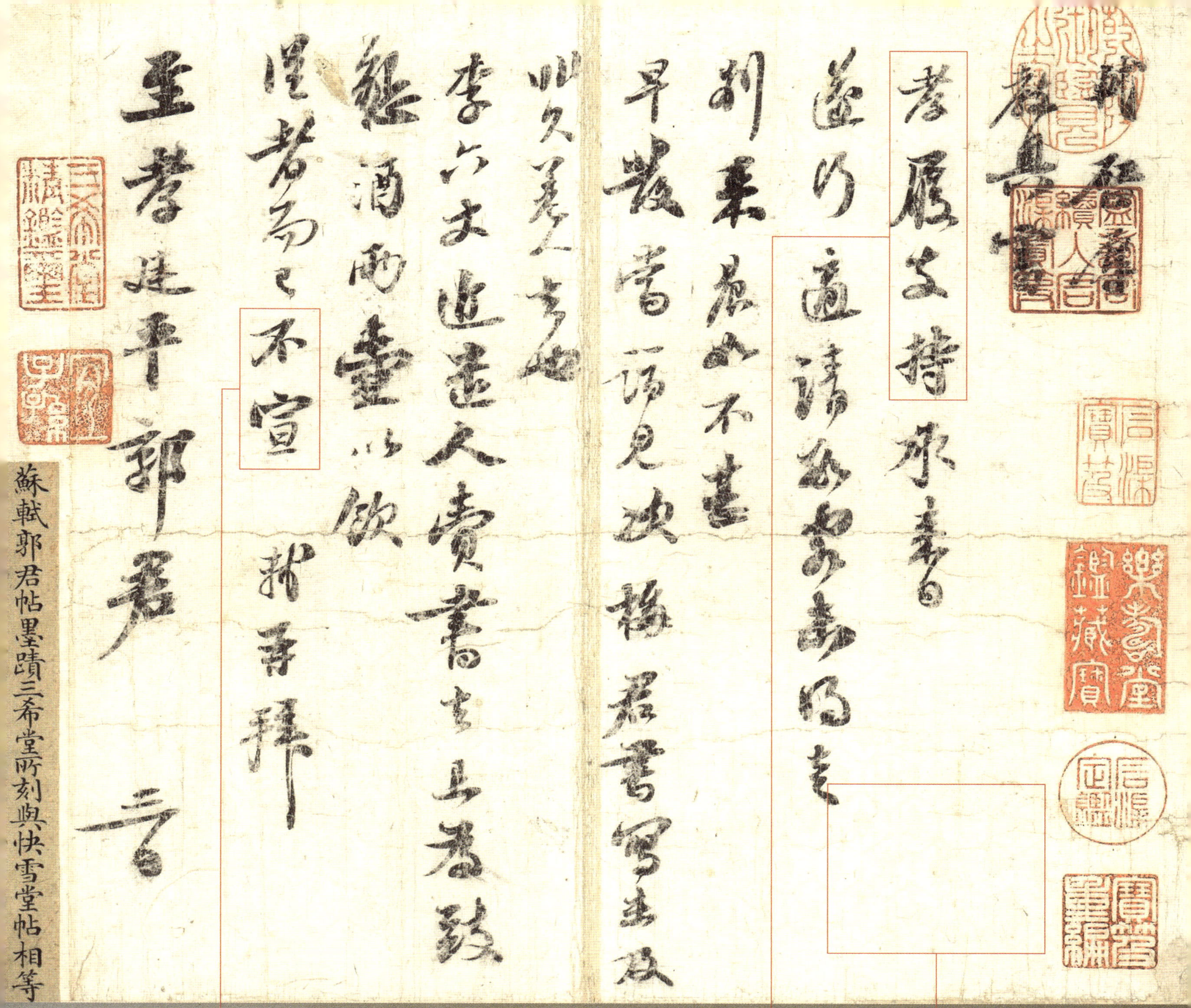

苏轼郭君帖墨迹三希堂所刻与快雪堂帖相等

意为就此搁笔

轼启。辱教，具审孝履支持，承来日遂行，适请数客，未得走别。来晨如不甚早发，当诣见次。梅君书写未及，非久差人去也。李六丈近遣人赍书去，且为致恳。酒两壶，以饮从者而已。不宣。轼再拜，至孝廷平郭君。三日。

指忙于操办丧事

此帖用纸为传世稀少的宋代砑花笺纸。纸上有龟甲纹，古代龟甲纹常用于墓志铭上，此处符合吊唁之意。

对守丧期内朋友表达关心和问候

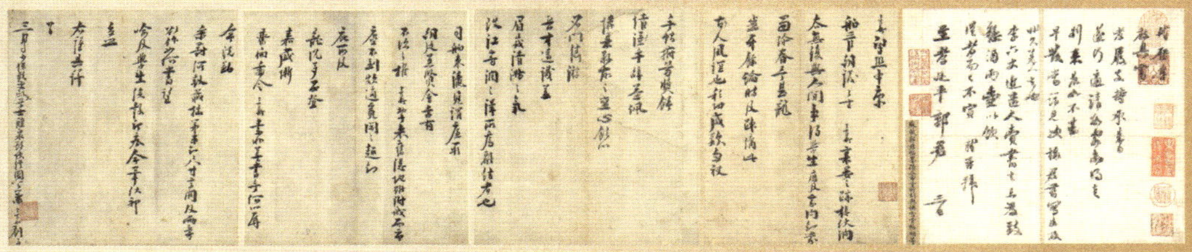

致至孝廷平郭君帖

纸本行书
纵 26.5 厘米，横 30.5 厘米
台北故宫博物院藏

朝衢達午夕坐遇雨嘗杯酒之不
誤攬草木以誑口對案輝蹙顰
箸嗟嘔者陰將軍設麥飯與
葱葉井丹推去而不齦恠先生聽然而
之春夢故山之無有先生聽然而
笑曰人生一世如屈伸肘何者為
貧何者為富何者為美何者為隨
或糠覈而瓠肥或梁肉而墨瘦
何侯方丈庾郎三九較豐約於
夢寐卒同歸於一朽吾方以杞
為糧以菊為糗春食苗夏食葉
秋食華實而冬食根庶我乎
西汝南陽之壽

> 西汝南陽之壽
> 指长寿

> 卒同歸於一朽
> 繁华易逝，不管何人，到头终不免一死。

> 人生一世如屈伸肘
> 形容人生短暂

「用酒脱的笔墨，展现超然豁达的心境。」

自书后杞菊赋
纸本行书　纵29.5厘米，横102厘米　台北故宫博物院藏

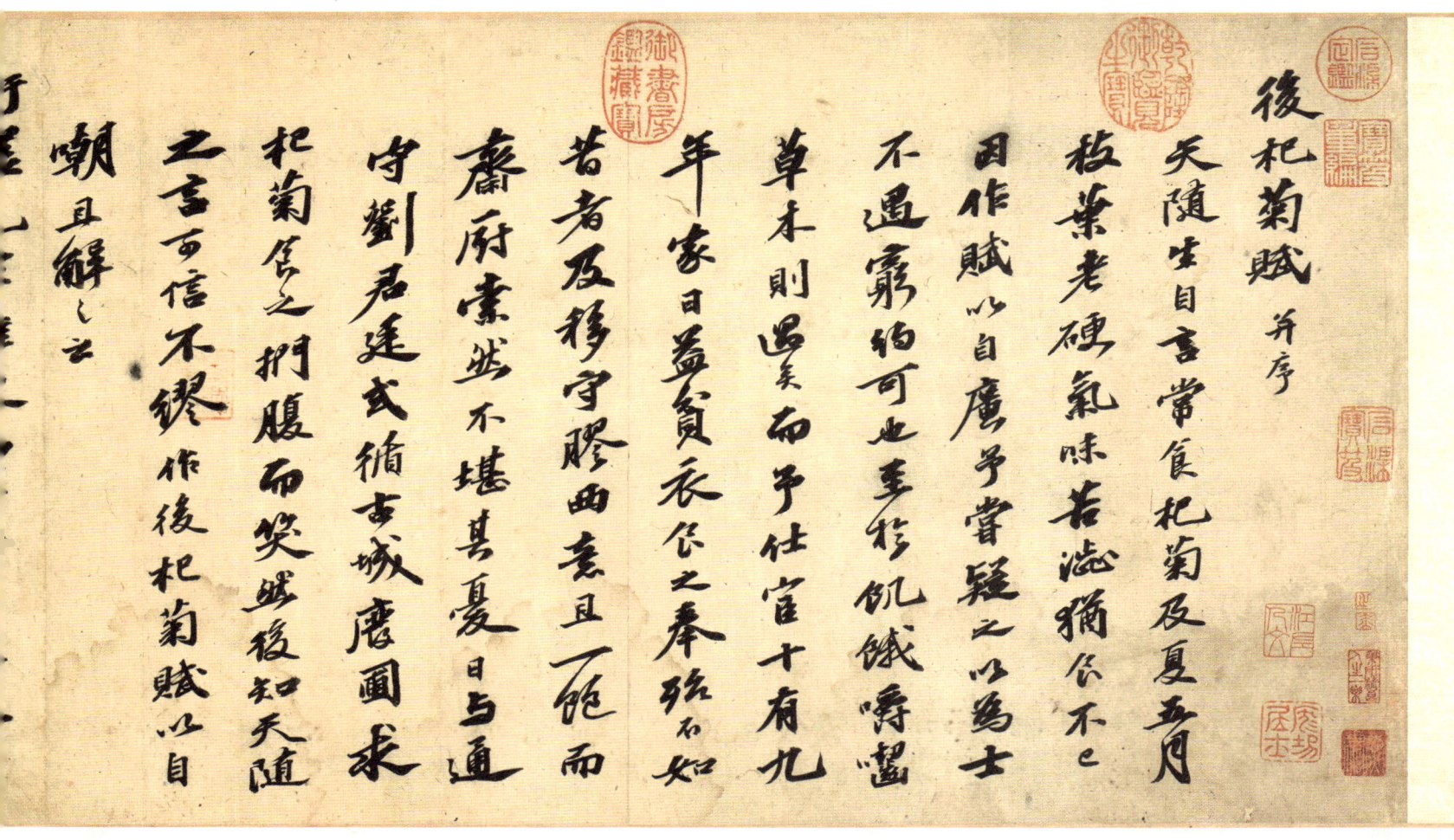

序

天随生自言常食杞菊。及夏五月,枝叶老硬,气味苦涩,犹食不已。因作赋以自广。予尝疑之,以为士不遇,穷约可也。至于饥饿,嚼啮草木,则过矣。而予仕宦十有九年,家日益贫。衣食之奉,殆不如昔者。及移守胶西,意且一饱。而斋厨索然,不堪其忧。日与通守刘君廷式循古城废圃求杞菊食之。扪腹而笑。然后知天随之言可信不谬。作《后杞菊赋》以自嘲,且解之云。

正文

"吁嗟!先生,谁使汝坐堂上,称太守!前宾客之造请,后椽属之趋走。朝衙达午,夕坐过酉。曾杯酒之不设,揽草木以诳口。对案颦蹙,举箸噎呕。昔阴将军设麦饭与葱叶,井丹推去而不嗅。怪先生之眷眷,岂故山之无有?"

先生听然而笑曰:"人生一世,如屈伸肘。何者为贫,何者为富?何者为美,何者为陋?或糠覈而瓠肥,或粱肉而墨瘦。何侯方丈,庾郎三九。较丰约于梦寐,卒同归于一朽。吾方以杞为粮,以菊为糗。春食苗,夏食叶,秋食花实而冬食根,庶几乎西河南阳之寿。"坡翁。

此作据唐代诗人陆龟蒙的《杞菊赋》而写,阐述自己的生死观,带有自嘲意味。据传此作品成了苏东坡后来"乌台诗案"中的罪证之一。

苏东坡、米芾合璧的经典之作

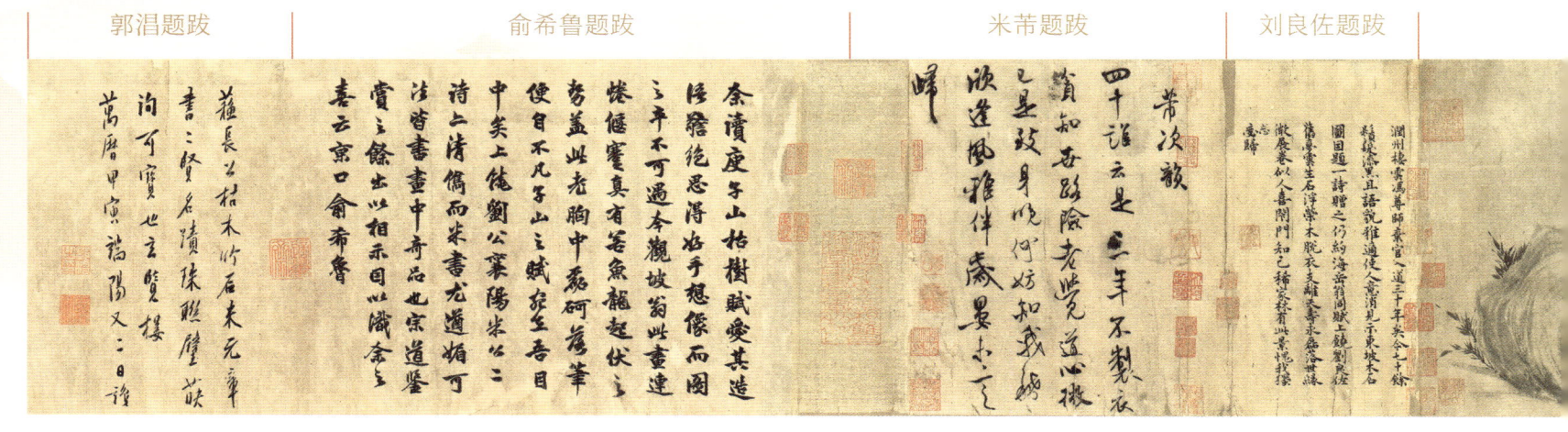

| 郭淐题跋 | 俞希鲁题跋 | 米芾题跋 | 刘良佐题跋 |

据传此为一片顽强的叶子

> 子瞻作枯木,枝干虬屈无端,石皴硬。
> 亦怪之奇之无端,如其胸中盘郁也。
> ——米芾

木石图（枯木怪石图）

纸本水墨　纵 26.5 厘米，横 50.5 厘米（画芯）　藏地不详

天际乌云帖（嵩阳帖）（复本）

纸本行书　纵32厘米，横723厘米（总长）　藏地不详

此帖真迹曾先后由明代项元汴、清代翁方纲收藏。原作已丢。翁方纲写有《天际乌云帖考》认定原作为苏东坡真迹。

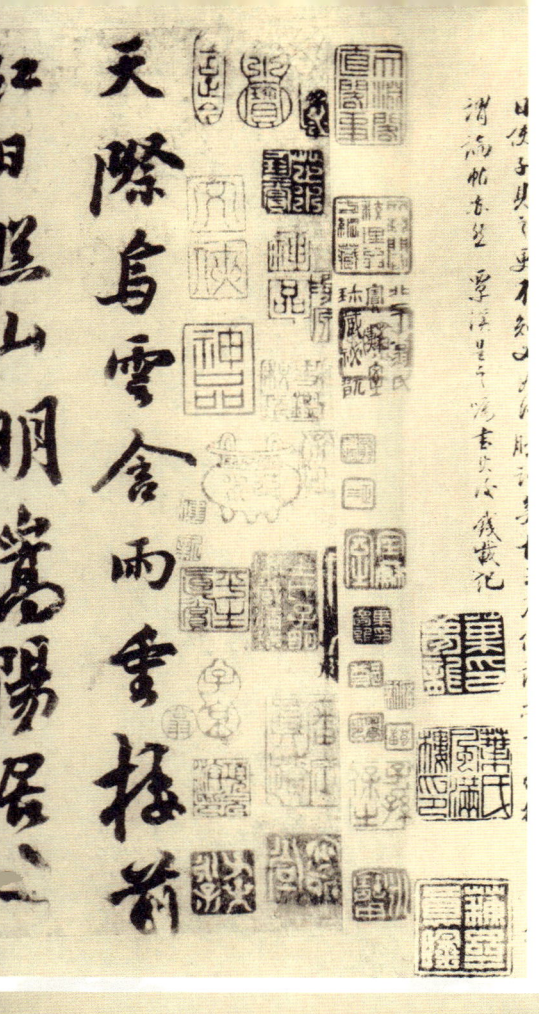

记载北宋官妓周韶的故事。

「格调高雅，书风日渐成熟」

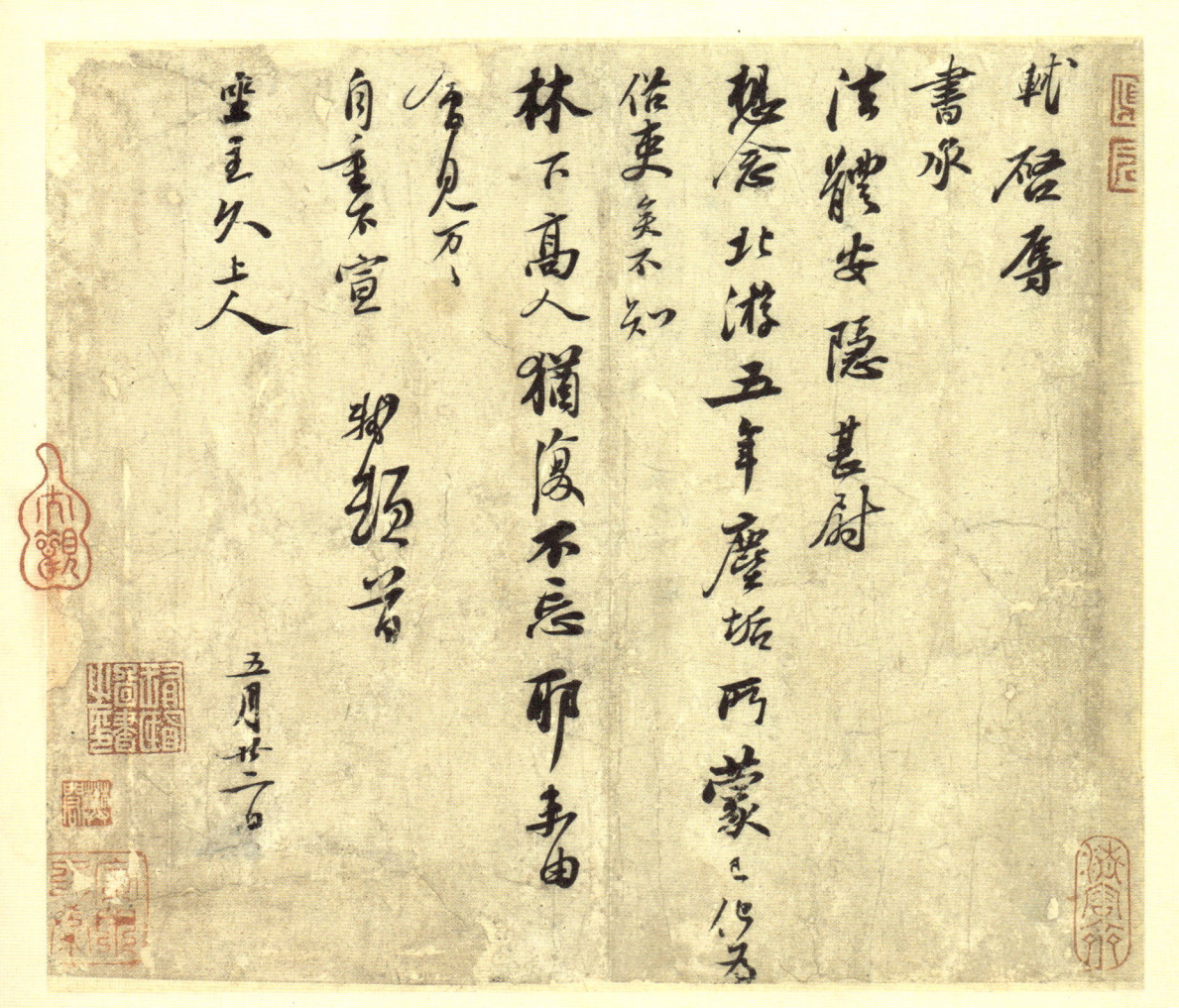

北游帖（致坐主久上人尺牍）
纸本行书　纵 26.1 厘米，横 29.5 厘米　台北故宫博物院藏

讲述北上经历和对友人的思念。

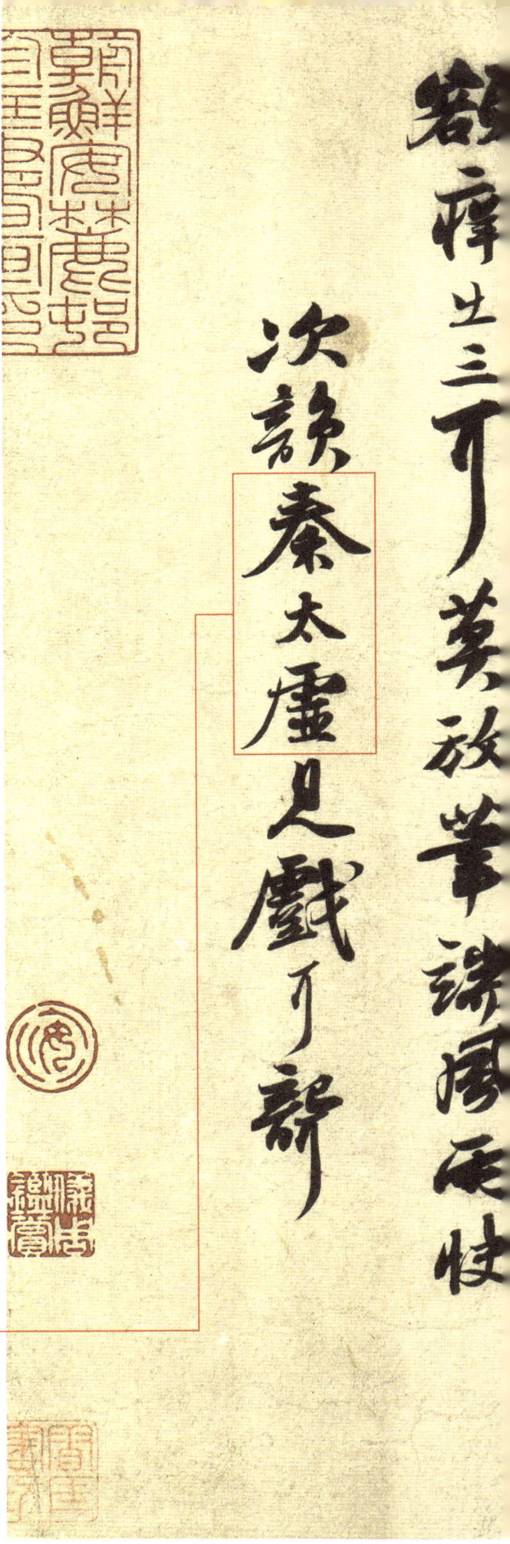

次韵秦太虚见戏耳聋诗帖
纸本行书
纵 34.1 厘米，横 48.9 厘米
台北故宫博物院藏

指秦观

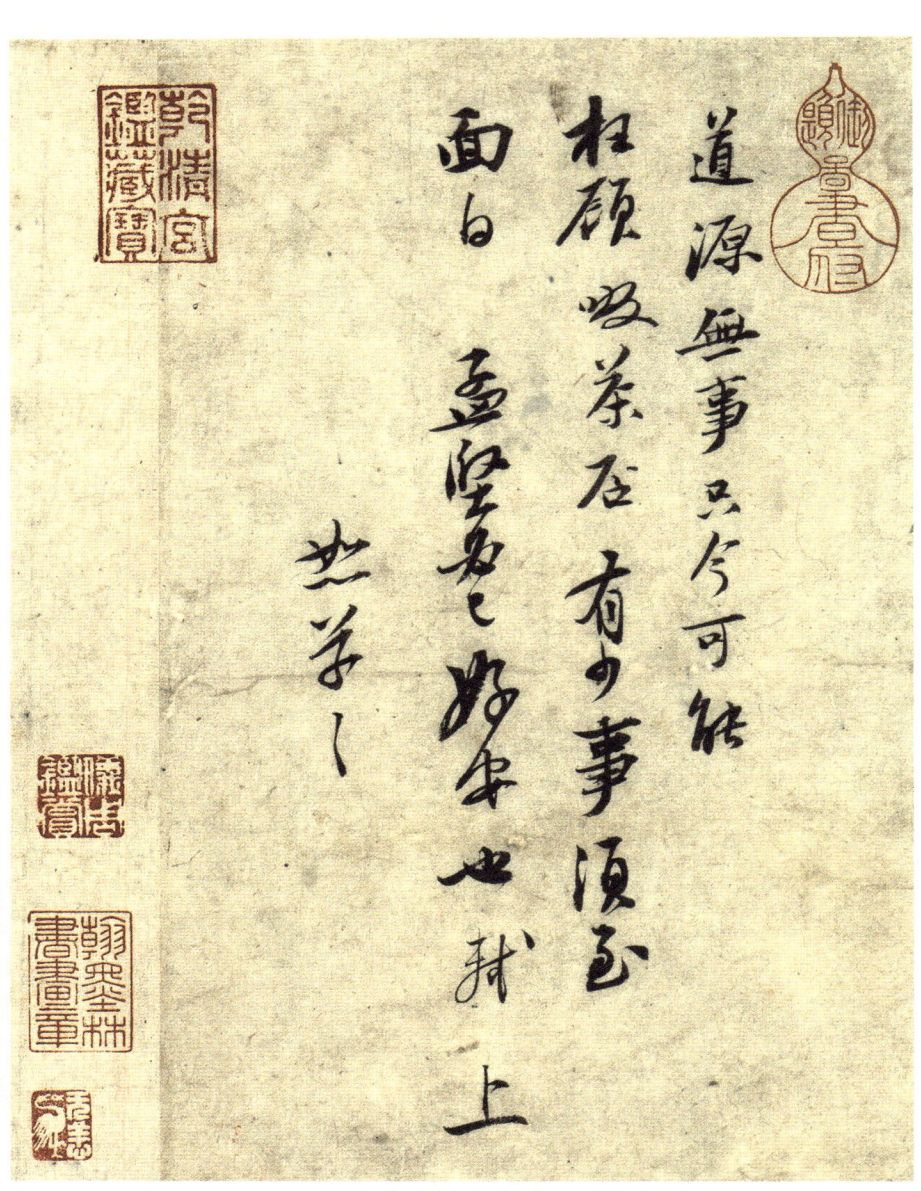

「无意于佳乃佳」

道源无事，只今可能枉顾啜茶否？有少事须至面白。孟坚必已好安也。轼上，恕草草。

啜茶帖（致道源帖）
纸本行书
纵 23.2 厘米，横 17.9 厘米
台北故宫博物院藏

邀请好友茶叙的便札。

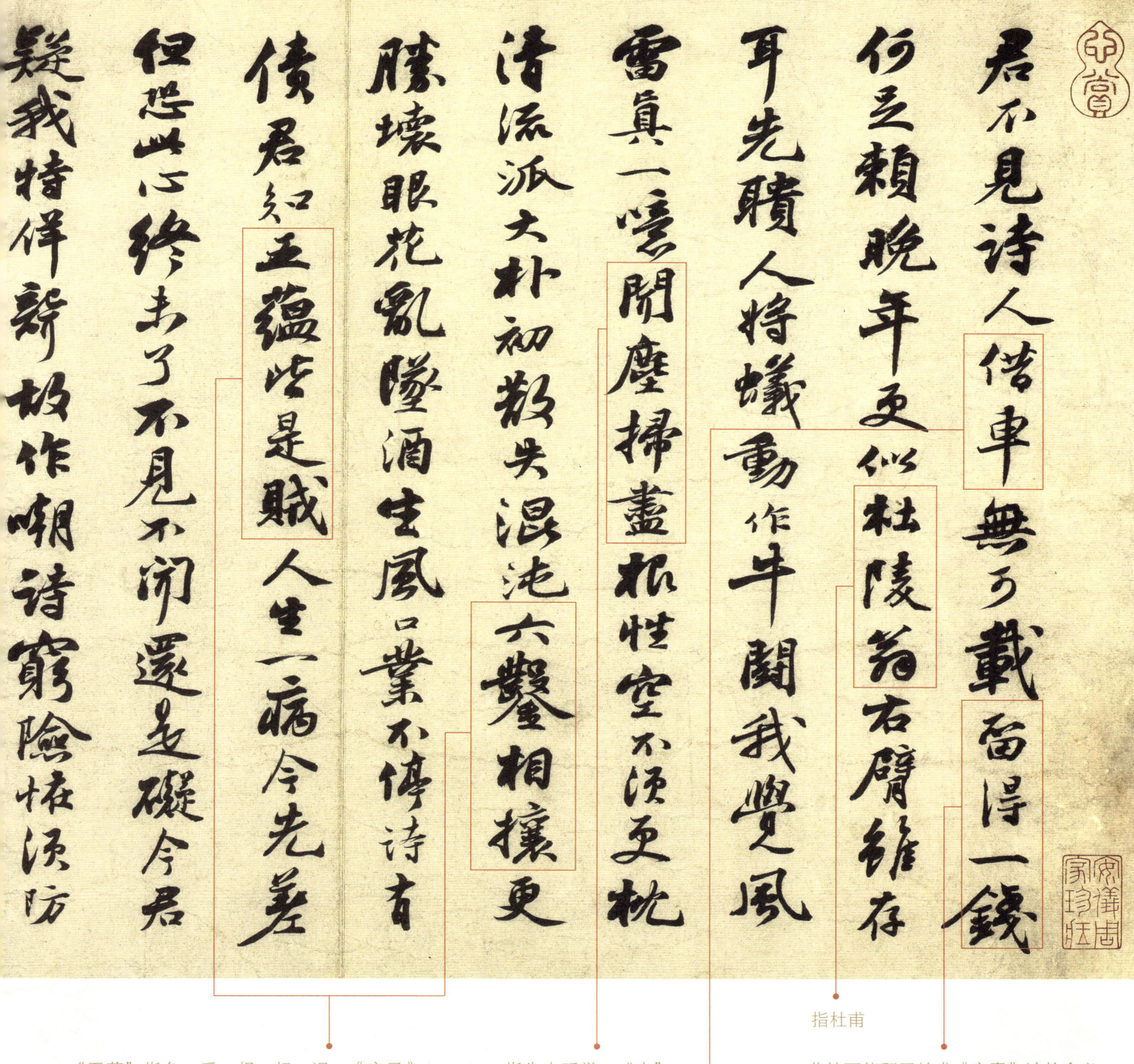

君不见诗人借车无可载，留得一钱何足赖。晚年更似杜陵翁，右臂虽存耳先聩。人将蚁动作牛斗，我觉风雷真一噫。闻尘扫尽根性空，不须更枕清流派。大朴初散失混沌，六凿相攘更胜坏。眼花乱坠酒生风，口业不停诗有债。君知五蕴皆是贼，人生一病今先差。但恐此心终未了，不见不闻还是碍。今君疑我特伴聋，故作嘲诗穷险怪。须防额痒出三耳，莫放笔端风雨快。次韵秦太虚见戏耳聋。

雨竹图

绢本水墨
纵 28.2 厘米，横 42.8 厘米
苏轼（传）
台北故宫博物院藏

元豐三年六月軾爲
子明設按

葉密雨偏重枝垂霧不消
會看晴日後依舊拂雲霄
秦觀

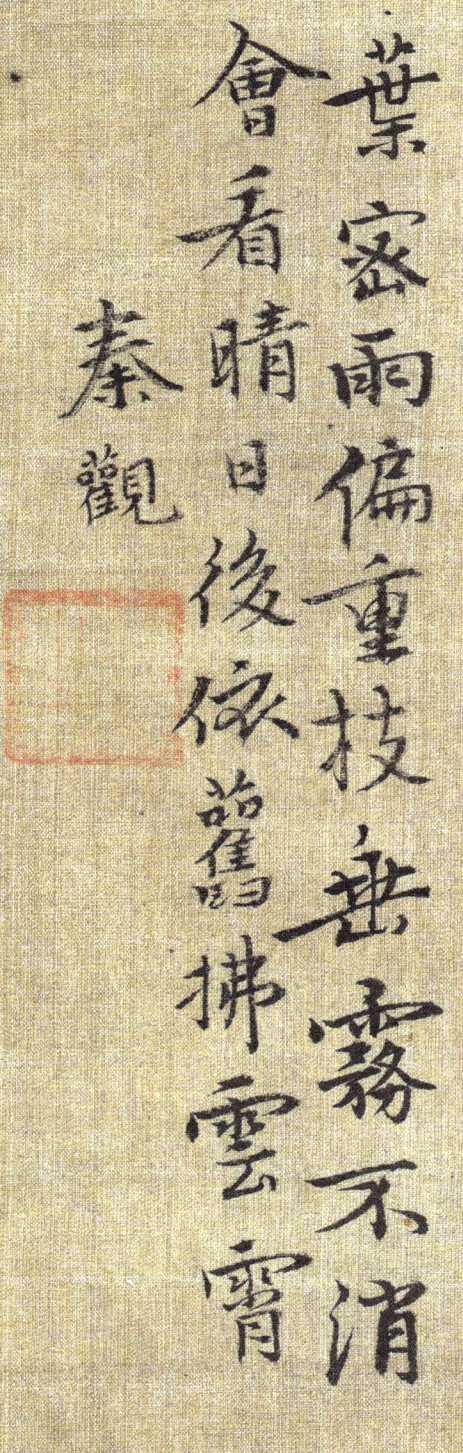

叶密雨偏重，
枝垂雾不消。
会看晴日后，
依旧拂云霄。
——秦观

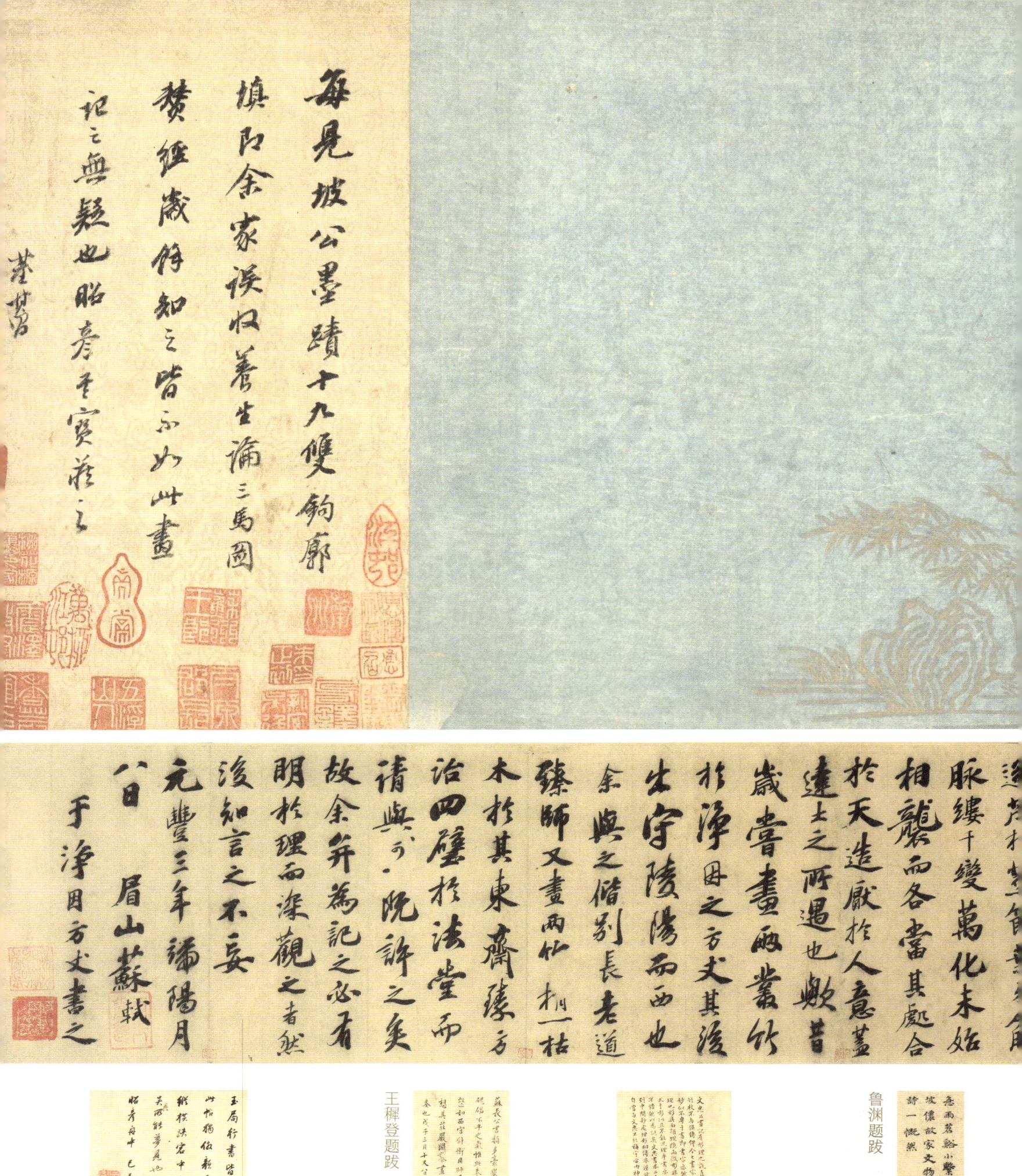

> 常形之失，人皆知之。
> 常理之不当，虽晓画者有不知。
> ——苏东坡

画记

余尝论画以为人禽宫室器用皆有常形，至于山石竹木水波烟云，虽无常形，而有常理。常形之失，人皆知之；常理之不当，虽晓画者有不知。故凡可以欺世而取名者，必托于无常形者也。虽然，常形之失，止于所失，而不能病其全；若常理之不当，则举废之矣。以其形之无常，是以其理不可不谨也。世之工人，或能曲尽其形，而至于其理，非高人逸才不能辨。与可之于竹石枯木，真可谓得其理者矣。如是而生，如是而死，如...

宇文公谅题跋

董其昌题跋

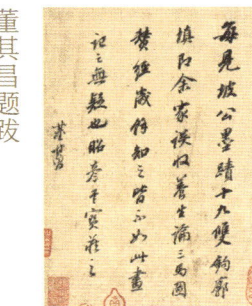

净因院画记（画记）
纸本行书
纵 28.8 厘米，横 217.6 厘米
台北故宫博物院藏

京酒帖

绢本行书　纵 26.2 厘米，横 14.9 厘米　台北故宫博物院藏

「适应现实生活之后的心平气和。」

京酒一壶送上，孟坚近晚必更佳，轼上，道源兄，十四日。

写给好友杜道源的便札。

嘉庆御览之宝

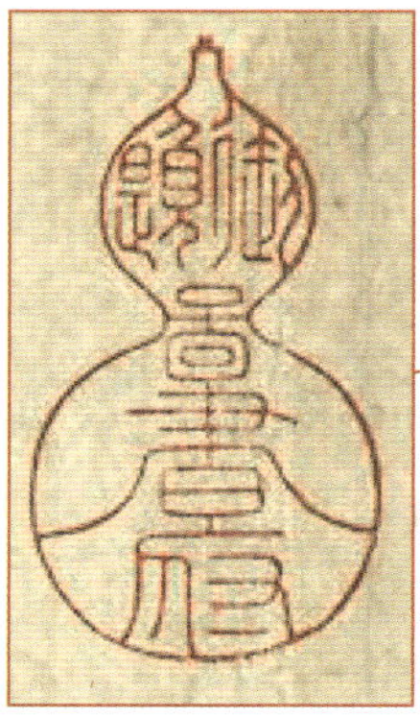

御题图书府

安氏仪周书画之章

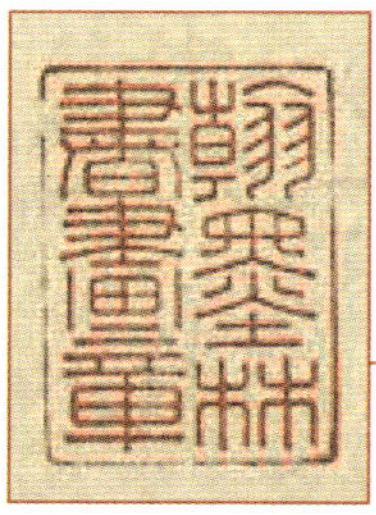

翰墨林书画章

无恙

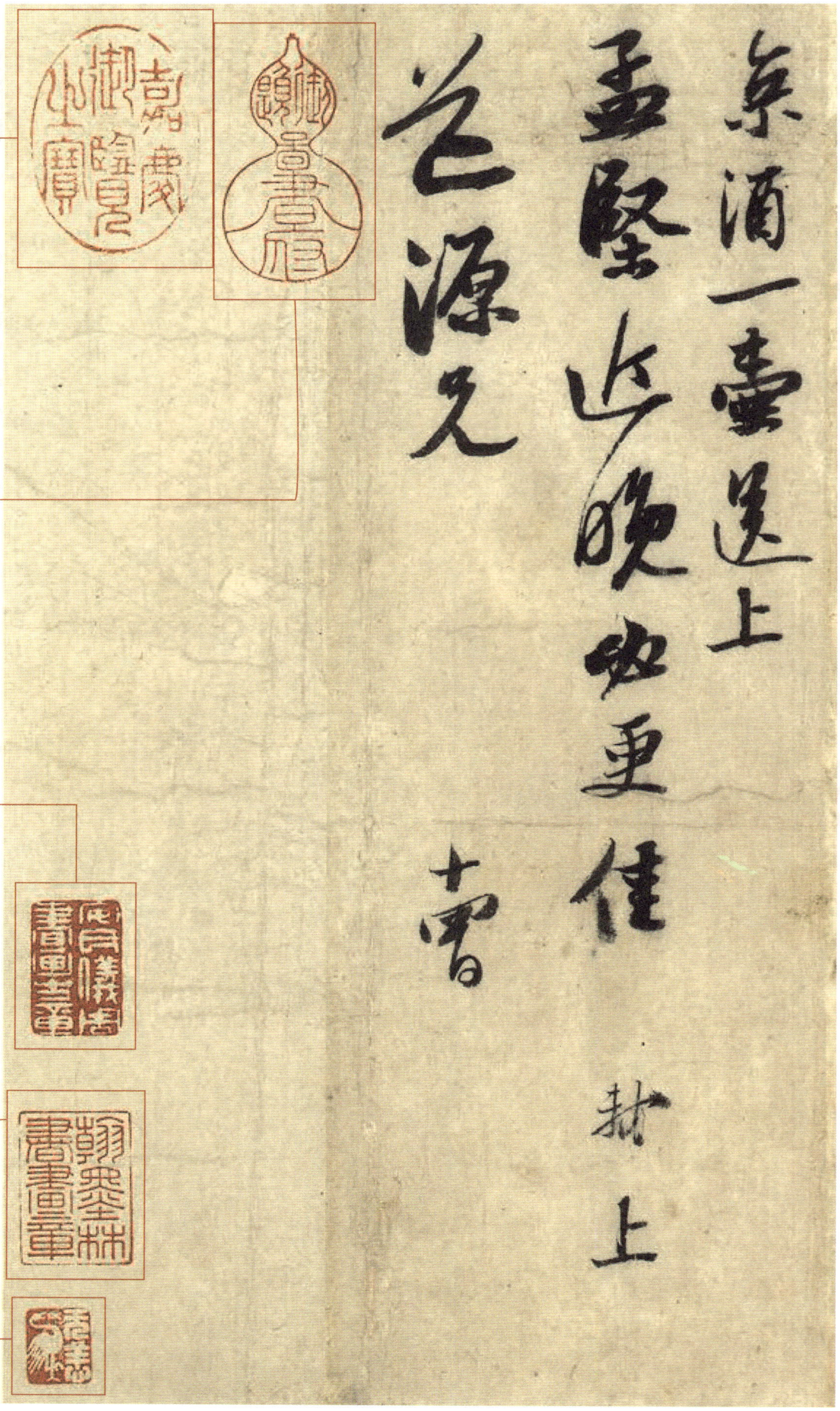

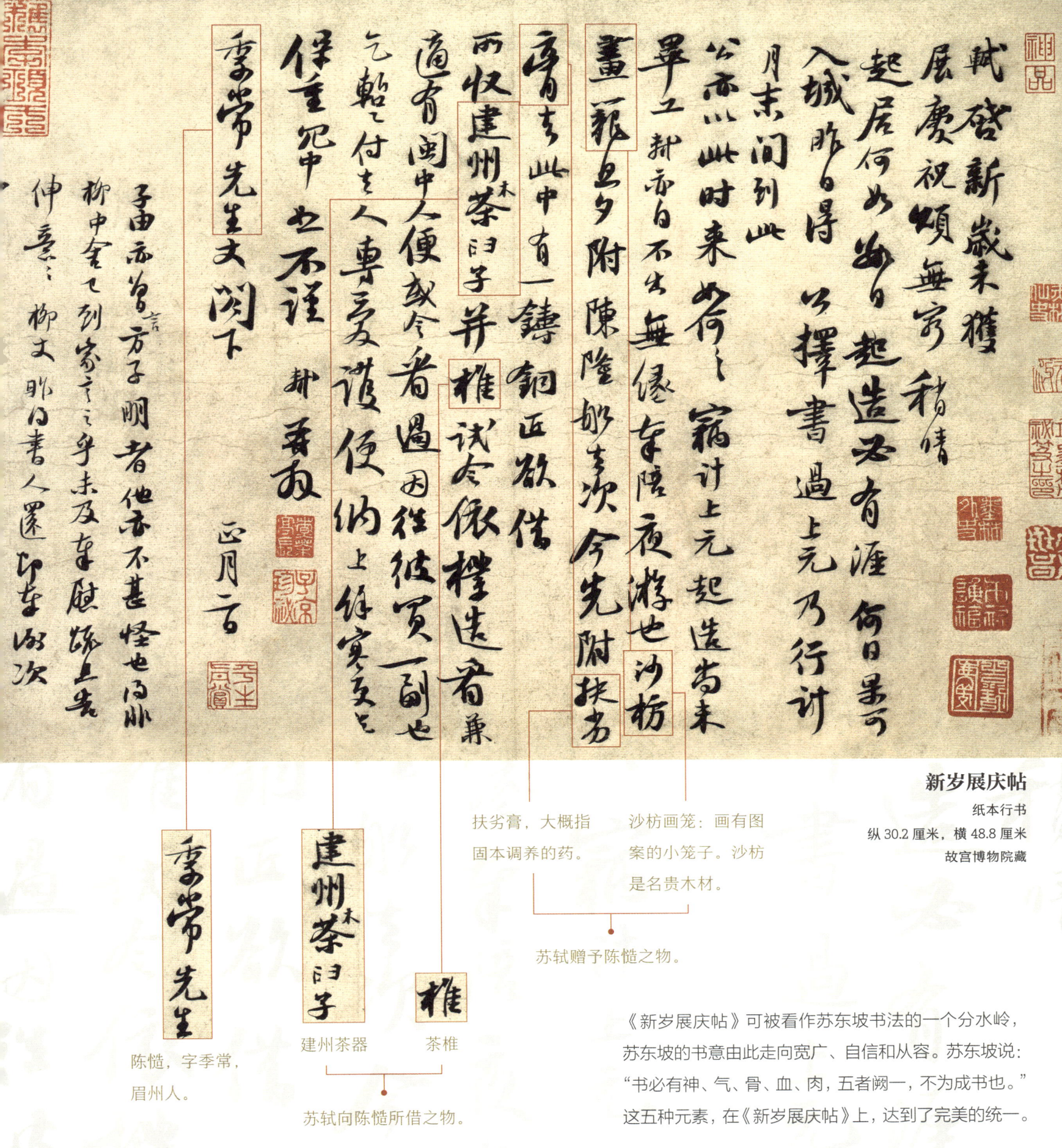

新岁展庆帖

纸本行书
纵30.2厘米，横48.8厘米
故宫博物院藏

陈慥，字季常，眉州人。

建州茶器　茶椎

苏轼向陈慥所借之物。

扶劣膏，大概指固本调养的药。

沙枋画笼：画有图案的小笼子。沙枋是名贵木材。

苏轼赠予陈慥之物。

《新岁展庆帖》可被看作苏东坡书法的一个分水岭，苏东坡的书意由此走向宽广、自信和从容。苏东坡说："书必有神、气、骨、血、肉，五者阙一，不为成书也。"这五种元素，在《新岁展庆帖》上，达到了完美的统一。

黄州生活中的"浮生半日"

轼启。新岁未获展庆，祝颂无穷，稍晴起居何如？数日起造必有涯，何日果可入城。昨日得公择书，过上元乃行，计月末间到此，公亦以此时来，如何如何？窃计上元起造，尚未毕工。轼亦自不出，无缘奉陪夜游也。沙枋画笼，且夕附陈隆船去次，今先附扶劣膏去。此中有一铸铜匠，欲借所收建州木茶臼子并椎，试令依样造看。兼适有闽中人便，或令看过，因往彼买一副也。乞暂付去人，专爱护便纳上。余寒更乞保重，冗中恕不谨，轼再拜。季常先生丈阁下。正月二日。

（旁注）子由亦曾言，方子明者，他亦不甚怪也。得非柳中舍已到家言之乎，未及奉慰疏，且告伸意，伸意。柳丈昨得书，人还即奉谢次。知壁画已坏了，不须快怅。但顿着润笔新屋下，不愁无好画也。

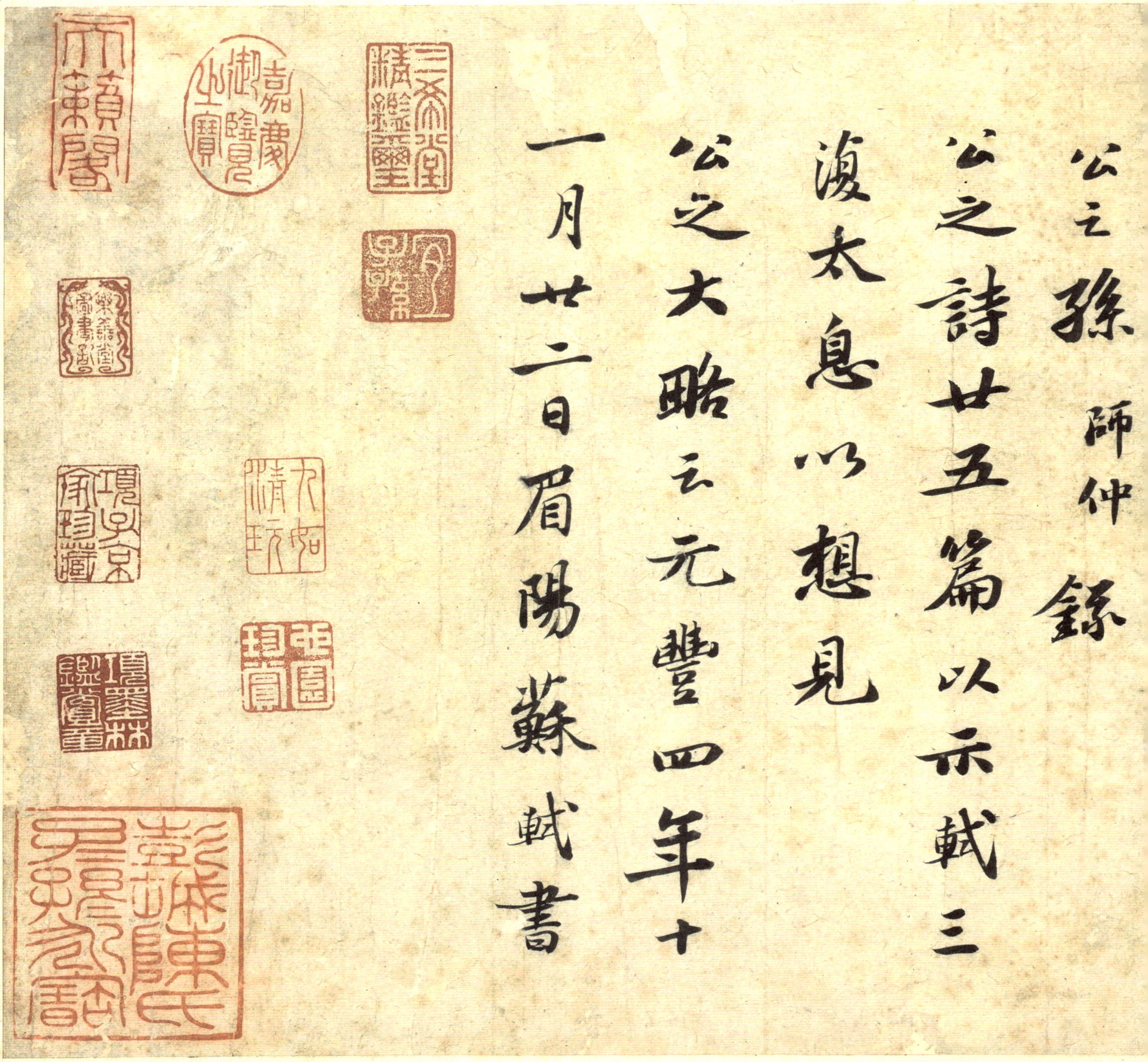

公云孙师仲录公之诗廿五篇以示轼三复太息以想见公之大略云元丰四年十一月廿二日眉阳苏轼书

吏部陈公诗跋

纸本楷书　纵 27.8 厘米，横 60.6 厘米　台北故宫博物院藏

帖中"吏部陈公"指陈洎，字亚之，徐州彭城人。

天籁阁

嘉庆御览之宝

三希堂精鉴玺

宜子孙

乐义堂书画印

项子京家珍藏

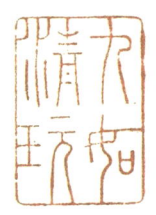
九如清玩

项墨林鉴赏章

也园珍赏

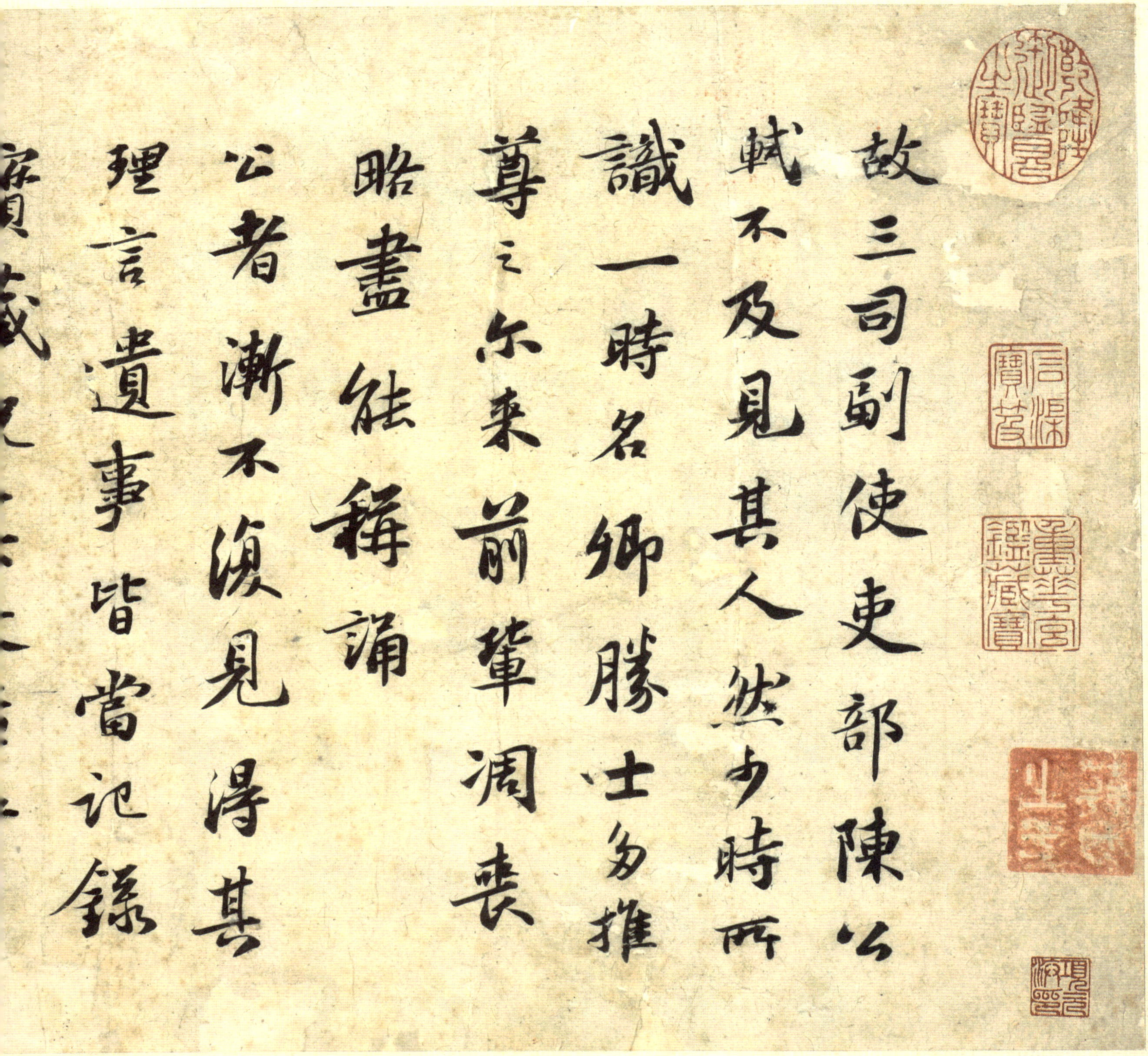

故三司副使吏部陈公，轼不及见其人，然少时所识，一时名卿胜士多推尊之。尔来前辈凋丧，略尽能称诵公者渐不复见，得其理言遗事，皆当记录宝藏，况其文章乎！公之孙（师仲）录公之诗廿五篇以示轼，三复太息以想见，公之大略云。元丰四年十一月十二日，眉阳苏轼书。

 彭城陈氏子子孙孙永宝

 乾隆御览之宝

 石渠宝笈

 重华宫鉴藏宝

 苏氏之印

 项元汴印

「疏朗有致，日渐成熟」

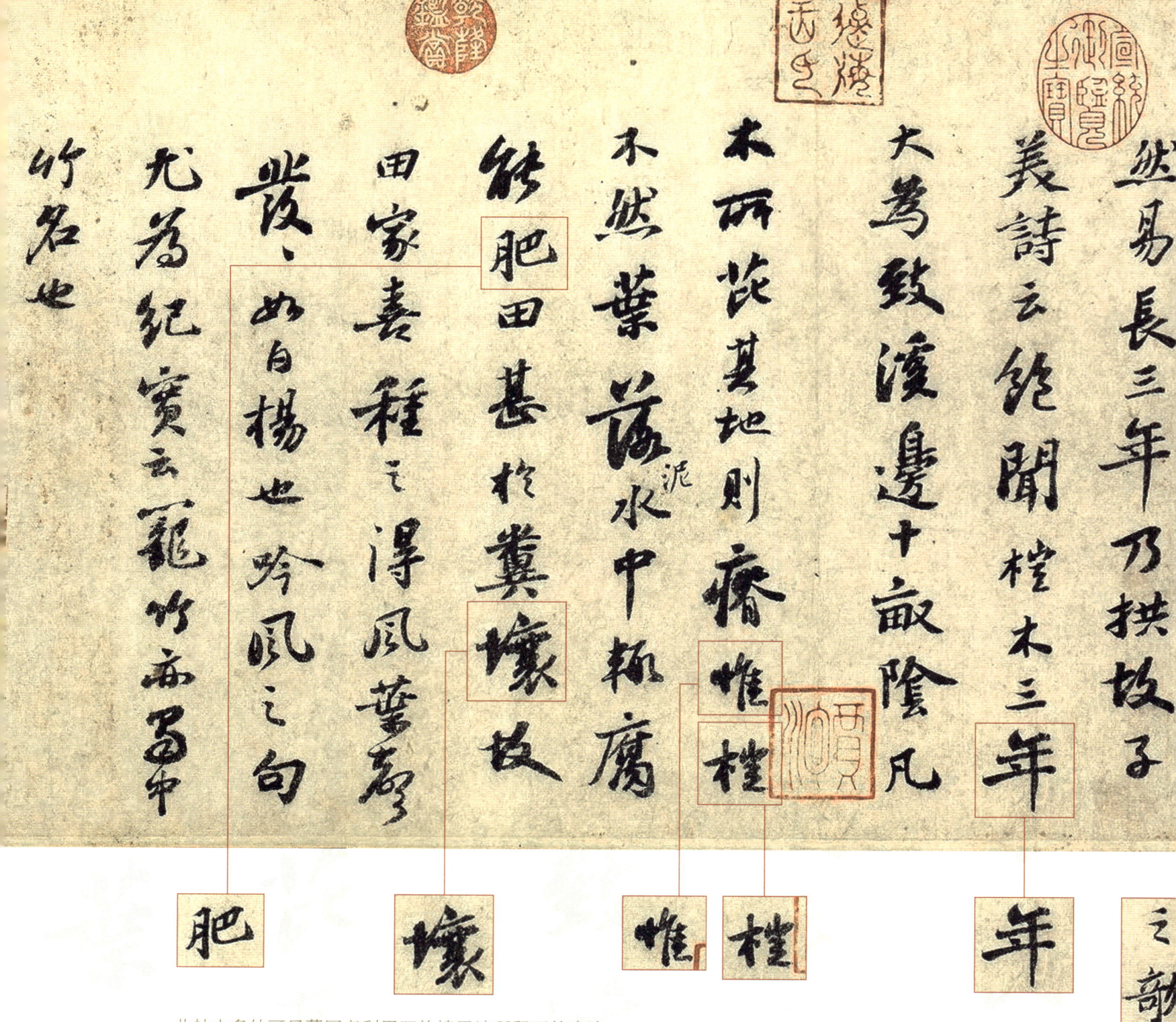

此帖中多处可见摹写者利用双钩填墨法所留下的痕迹

背郭堂成荫白茆,缘江路熟俯青郊。桤林碍日吟风叶,笼竹和烟滴露梢。暂下飞鸟将数子,频来语燕定新巢。旁人错比扬雄宅,懒惰无心作解嘲。

蜀中多桤木,读如欹仄之欹,散材也,独中薪耳。然易长,三年乃拱。故子美诗云:"饱闻桤木三年大,为致溪边十亩阴。"凡木所芘,其地则瘠。惟桤不然,叶落泥水中辄腐,能肥田,甚于粪壤,故田家喜种之。得风,叶声发发如白杨也。吟风之句,尤为纪实云。笼竹,亦蜀中竹名也。

| 金冕题跋 | 危素拜观 | 郑元祐题跋 | 吴睿题跋 | 张翥题跋 | 黄玭题跋 | 王执谦题跋 | 胡长儒题跋 |

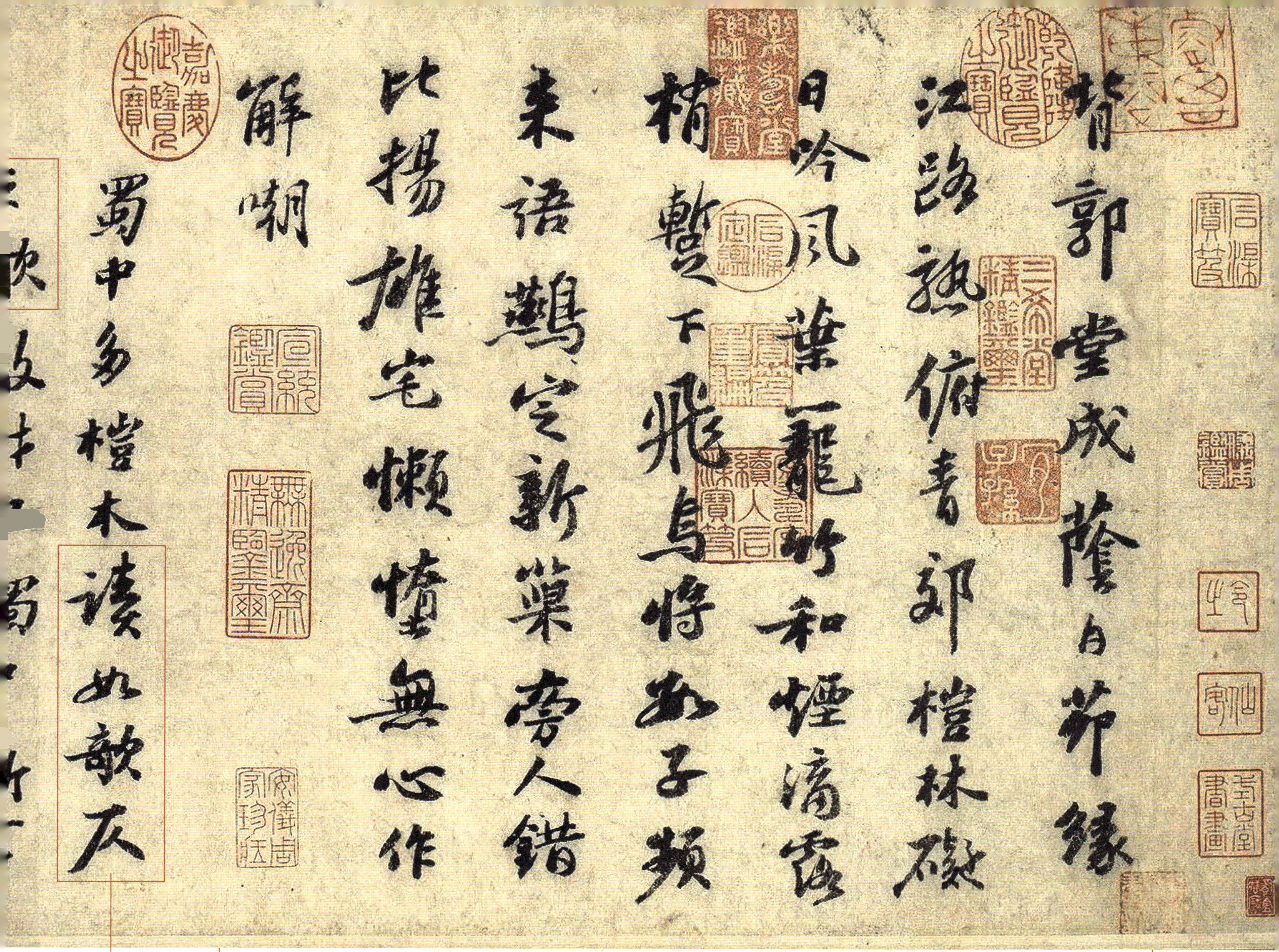

杜甫关于桤木的诗原文。杜甫此诗描写草堂景物，抒发自己历经兵乱，流离成都定居草堂的心情。苏东坡借杜甫诗句，抒发贬谪黄州的心情。

苏东坡跋文所写内容：
① 考证"桤"字的读音。
② 引用杜甫的《凭何十一少府邕觅桤木栽》。
③ 介绍桤木并赞美。
④ 介绍笼竹。

「寓精神于翰墨而非品所自到尔
——金晃」

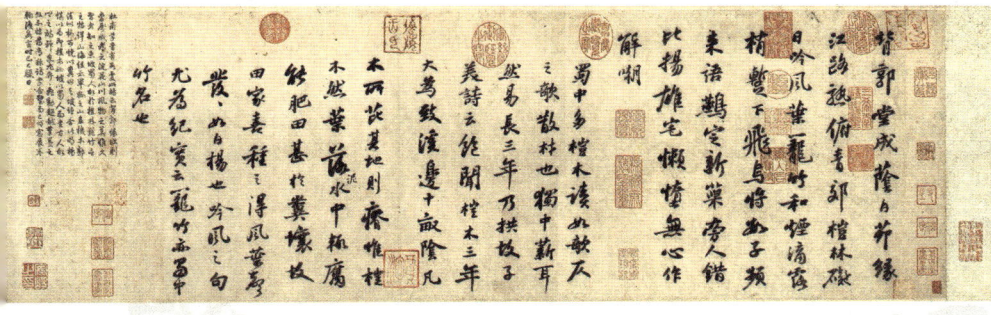

杜甫桤木诗卷（杜工部桤木诗卷帖）（摹本）
纸本行书
纵 27.9 厘米，横 85.4 厘米
台北故宫博物院藏

表达官场失意，生活潦倒，身心疲惫。

自我来黄州，已过三寒食，年年欲惜春，春去不容惜。今年又苦雨，两月秋萧瑟。卧闻海棠花，泥污燕支雪。闇中偷负去，夜半真有力。何殊病少年，病起头已白。

春江欲入户，雨势来不已。小屋如渔舟，濛濛水云里。空庖煮寒菜，破灶烧湿苇。那知是寒食，但见乌衔纸。君门深九重，坟墓在万里。也拟哭途穷，死灰吹不起。

黄州寒食诗帖（寒食帖）
纸本行书　纵34.2厘米，横199.5厘米　台北故宫博物院藏

自我来黄州，已过三寒食年，欲惜春，春不容惜。今年又苦雨，两月秋萧瑟卧闻海棠花，泥污燕支雪。闇中偷负去，夜半真有力，何殊少年子，病起须已白。春江欲入户，雨势来

与《兰亭序》《祭侄文稿》并称为"天下三大行书"

「我书意造本无法，点画信手烦推求。」
——苏东坡

此帖中董侯指苏东坡的好友董钺，官至漕运使。苏东坡一语成谶，分别后不久，董钺去世。

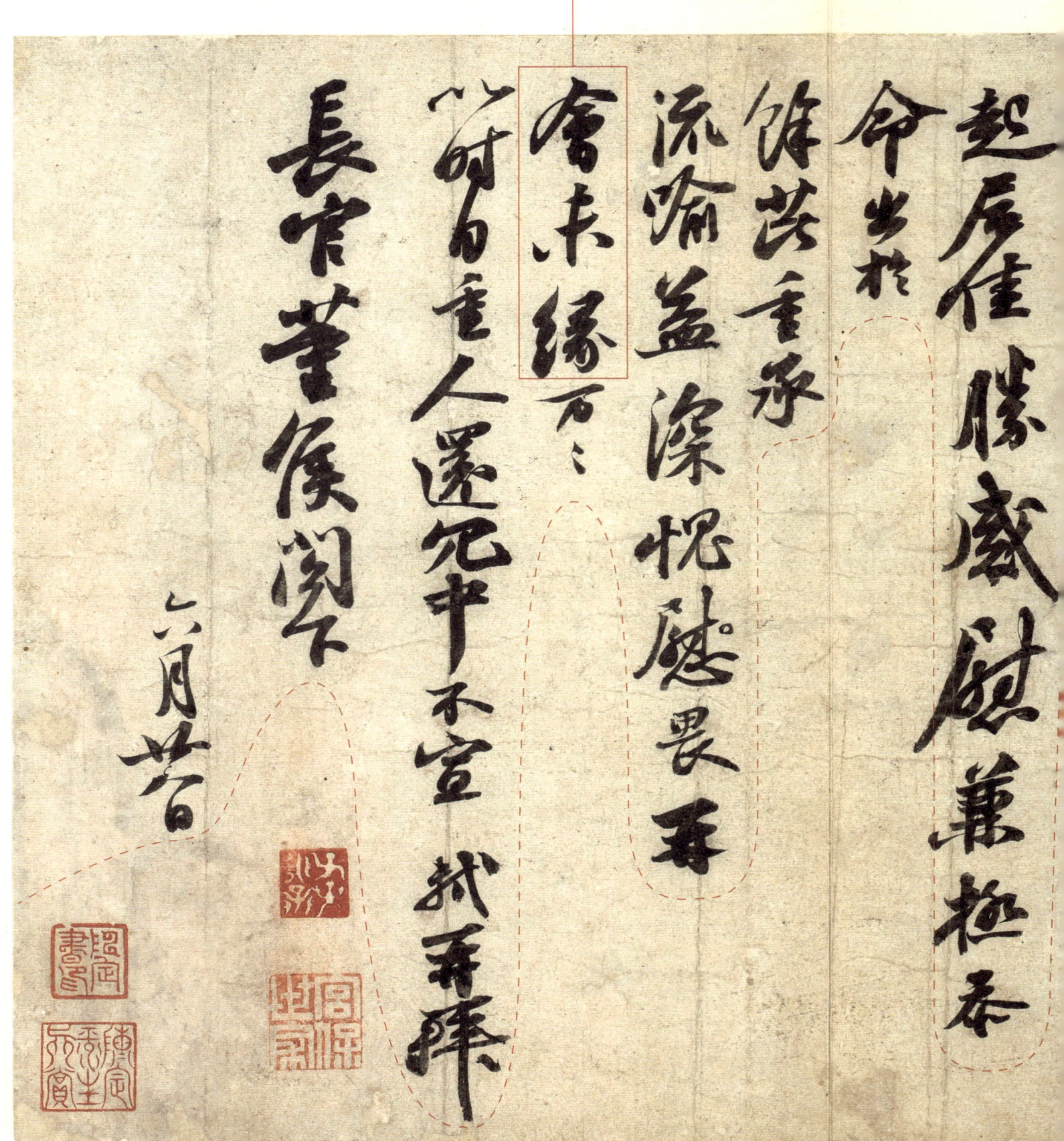

从此帖中可观苏东坡"石压蛤蟆"的书风样式。

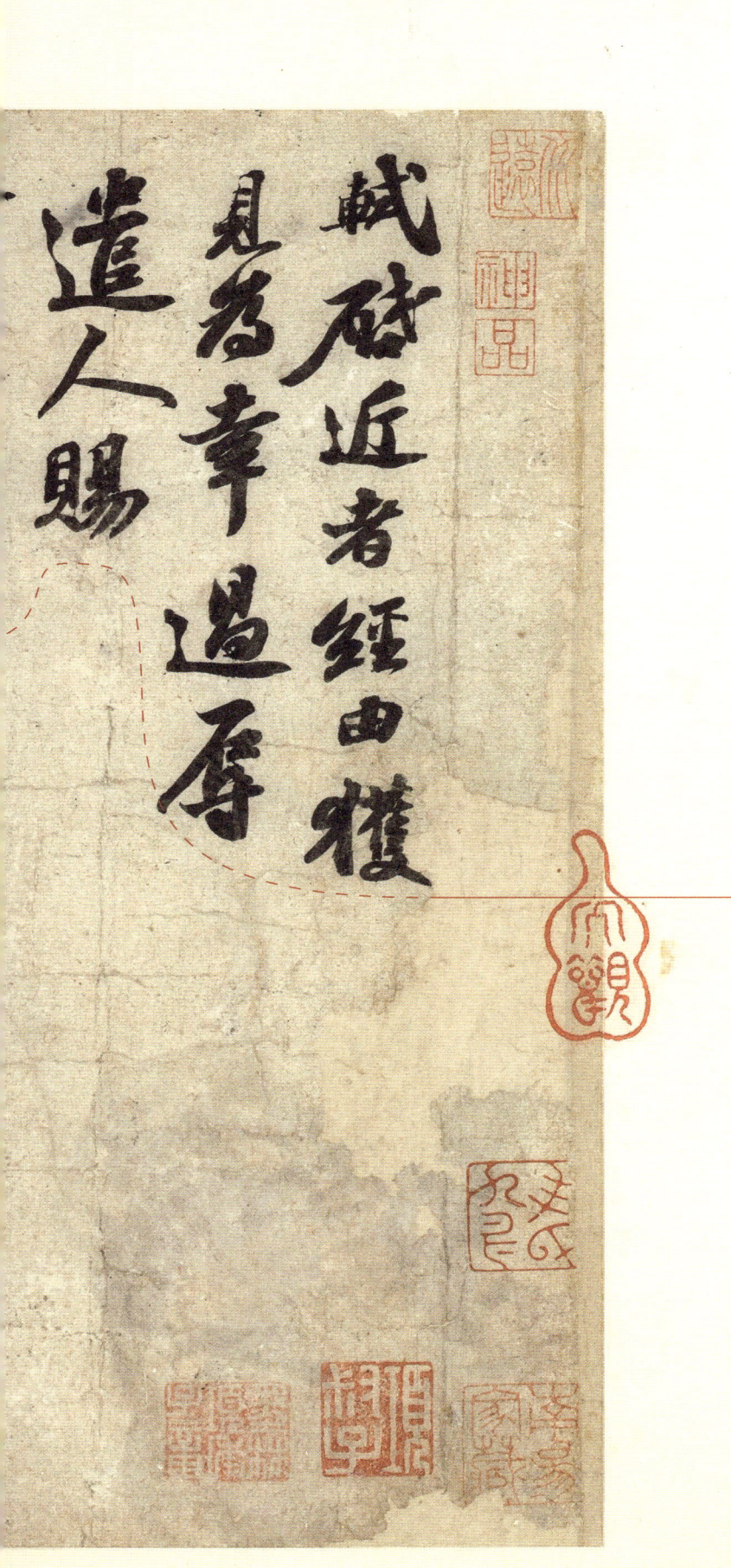

「人有悲欢离合，月有阴晴圆缺，此事古难全。
——苏东坡」

轼启。近者经由。获见为幸。过辱遣人赐书。得闻起居佳胜。感慰兼极。忝命出于余芘。重承流喻。益深愧慰畏。再会未缘。万万以时自重。人还。冗中。不宜。轼再拜。长官董侯阁下。六月廿八日。

此帖的留白处颇有山水画的韵味，连接起来似山峦起伏。

获见帖（致长官董侯尺牍）
纸本行书
纵 27.7 厘米，横 38.3 厘米
台北故宫博物院藏

女泣孤舟縹緲乎如遺世獨立羽化而登僊於是飲酒樂甚扣舷而歌之歌曰桂棹兮蘭槳擊空明兮泝流光渺渺兮余懷望美人兮天一方客有吹洞簫者倚歌而和之其聲嗚嗚然如怨如慕如泣如訴餘音嫋嫋不絕如縷舞幽壑之潛蛟泣孤舟之嫠婦蘇子愀然正襟危坐而問客曰何為其然也客曰月明星稀烏鵲南飛此非曹孟德之詩乎西望夏口東望武昌山川相繆鬱乎蒼蒼此非孟德

自其變者而觀之則天地曾不能以一瞬自其不變者而觀之則物與我皆無盡也而又何羨乎且夫天地之間物各有主苟非吾之所有雖一毫而莫取惟江上之清風與山間之明月耳得之而為聲目遇之而成色取之無禁用之不竭是造物者之無盡藏也而吾與子之所共食客喜而笑洗盞更酌肴核既盡杯盤狼籍相與枕藉乎舟中不知東方之既白

此处与李白诗中"清风朗月不用一钱买"相合。

苏东坡豁达的宇宙观与庄子的思想相契合。

前赤壁赋卷

纸本楷书　纵 23.9 厘米，横 258 厘米　台北故宫博物院藏

> 前后赤壁赋,悲歌惨江风。江山无不改,在公神游中。
> ——方回

苏东坡两次所游的赤壁,为黄州的赤鼻矶,与赤壁大战中的赤壁没有关系。

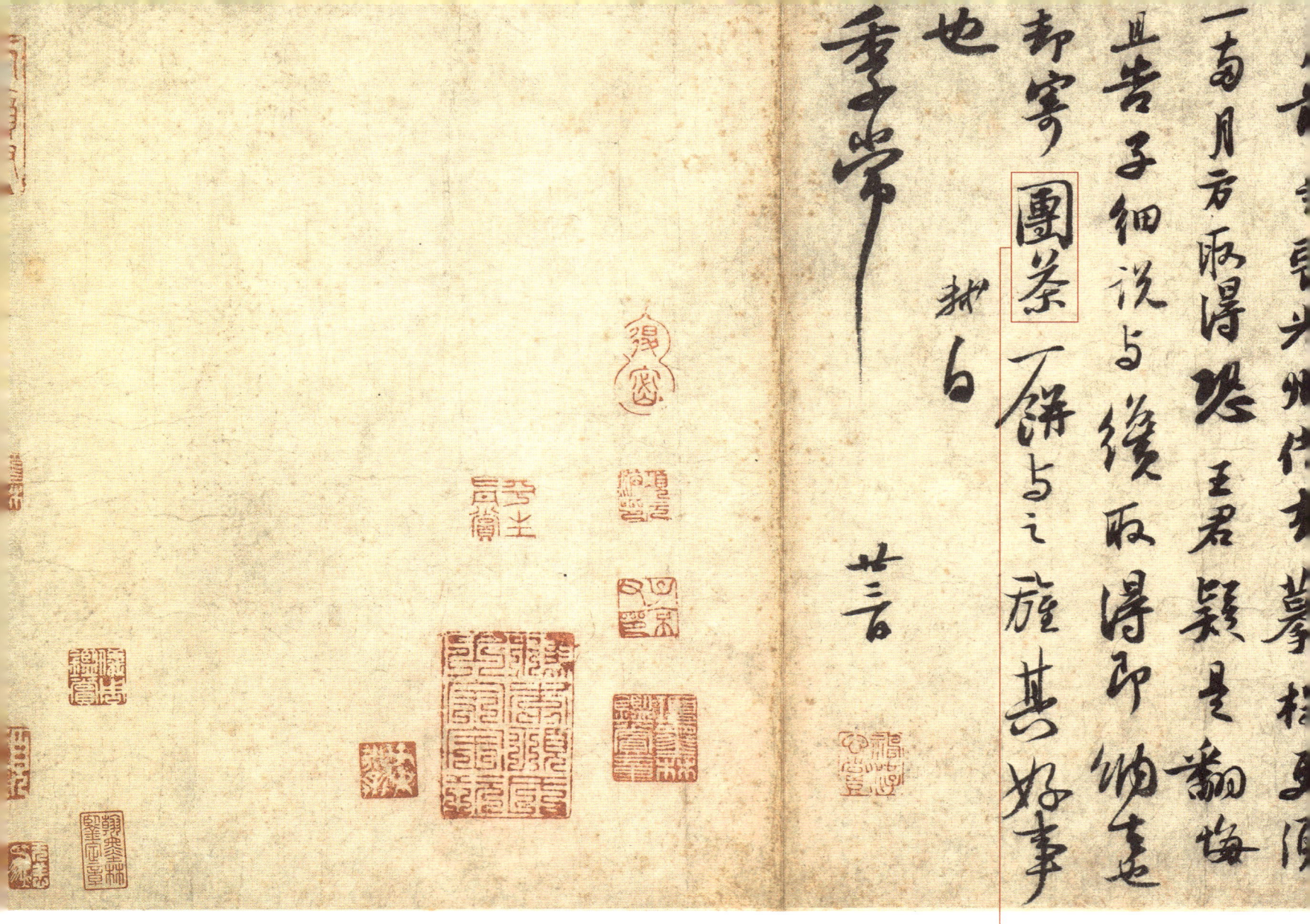

一夜帖（致季常尺牍）

纸本行书　纵27.6厘米，横45.2厘米　台北故宫博物院藏

　　一夜寻黄居寀龙不获。方悟半月前是曹光州借去摹搨（拓）。更须一两月方取得。恐王君疑是翻悔。且告子细说与。才取得。即纳去也。却寄团茶一饼与之。旌其好事也。轼白。季常。廿三日。

此帖为苏东坡谪居黄州时写给朋友陈慥（季常）的信。

团茶，即龙团茶，当时福建的上贡茶，苏东坡甚爱。苏东坡在黄州时不仅开荒种粮，还种茶。

「书法遒劲茂丽，肥不露肉」

此二帖为北宋文人之间交往的写照。

「点画沉实有力,友情深厚真挚。」

覆盆子甚烦采寄,感怍之至。令子一相访,值出未见,当令人呼见之也。季常先生一书,并信物一小角,请送达。轼白。

关于此帖的收信人学界存在两种观点,一说是陈季常,一说是杜沂。

指陈季常

指杜沂的儿子杜道源,曾赠予苏东坡覆盆子

覆盆子帖
纸本行书
纵 27.7 厘米,横 44.8 厘米
台北故宫博物院藏

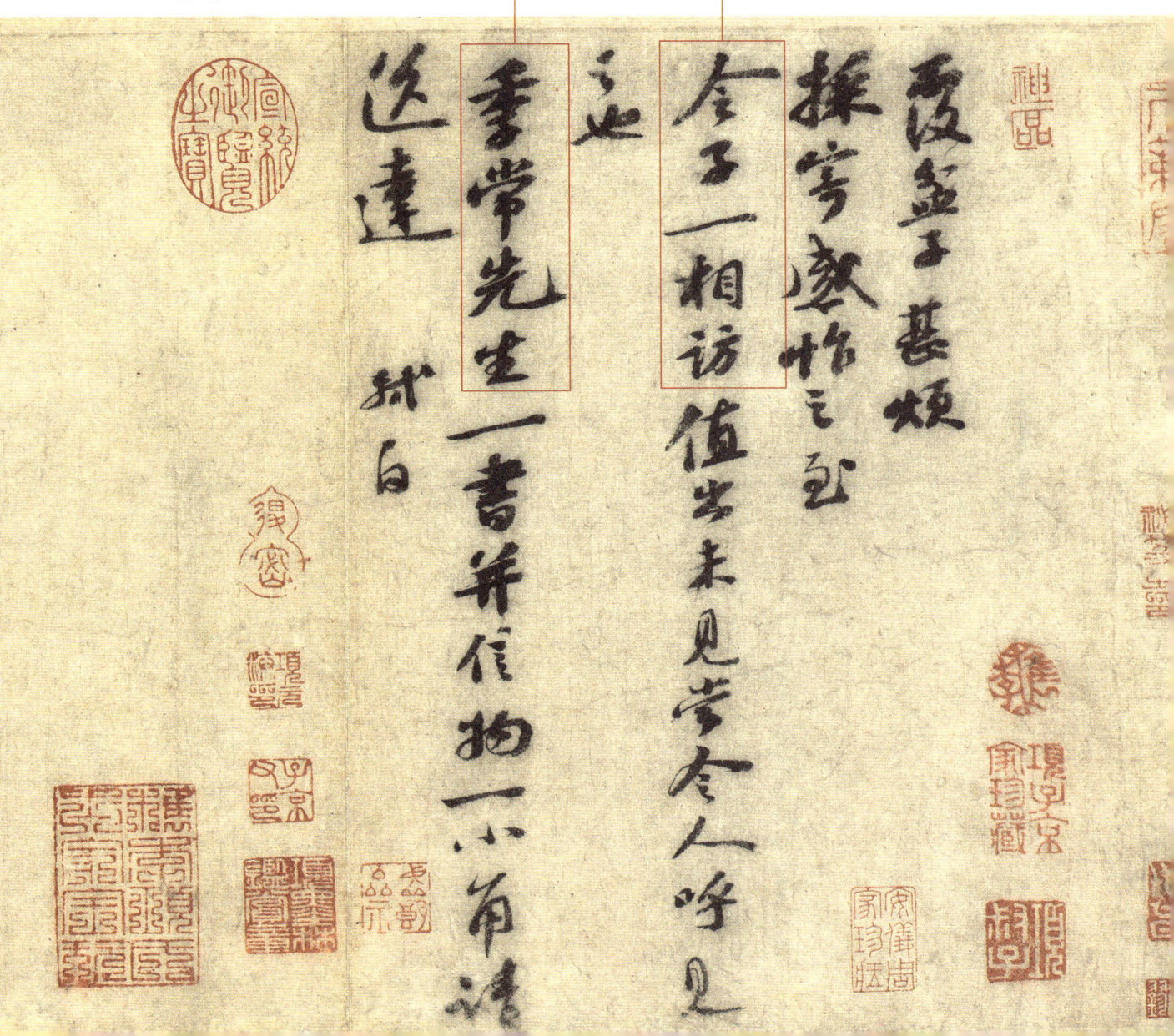

归去来兮田园将芜胡不归既自以心为形役奚惆怅而独悲悟已往之不谏知来者之可追实迷途其未远觉今是而昨非舟遥遥以轻飏风飘飘而吹衣问征夫以前路恨晨光之熹微乃瞻衡宇载欣载奔僮仆欢迎稚子候门三径就荒松菊犹存携幼入室有酒盈樽引壶觞以自酌眄庭柯以怡颜倚南窗以寄傲审容膝之易安园日涉以成趣门虽设而常关策扶老以流憩时矫首而遐观云无心以出岫鸟倦飞而知还景翳翳以将入抚孤松而盘桓归去来兮请息交以绝游世与我而相遗

此时苏东坡决定像陶渊明一样退出官场，无限悲伤涌上心头。

「书法结体稳重，有晋人风韵。」

余家贫，耕植不足以自给。幼稚盈室，瓶无储粟，生生所资，未见其术。亲故多劝余为长吏，脱然有怀，求之靡途。会有四方之事，诸侯以惠爱为德，家叔以余贫苦，遂见用为小邑。于时风波未静，心惮远役，彭泽去家百里，公田之利，足以为酒，故便求之。及少日，眷然有归欤之情。何则？质性自然，非矫励所得。饥冻虽切，违己交病。常从人事，皆口腹自役。于是怅然慷慨，深愧平生之志。犹望一稔，当敛裳宵逝。寻程氏妹丧于武昌，情在骏奔，自免去职。仲秋至冬，在官八十余日。因事顺心，命篇曰《归去来兮》。乙巳岁十一月也。　　陶渊明著《归去来兮辞·序》

归去来兮辞卷

纸本行楷

纵 32 厘米，横 181.8 厘米

苏轼（传）

台北故宫博物院藏

职事帖（致主簿曹君尺牍）

纸本行书　纵 27.8 厘米，横 38.8 厘米　台北故宫博物院藏

"曹君亲家"，指的是元丰年间知光州的曹演甫，名九章。他的儿子曹焕娶了苏辙的第三女，因此苏轼在帖中称其为"亲家"。面对亲家的来访，苏轼虽满心欢喜，却因无法好好招待而深感愧疚。

轼启。衮衮职事，日不暇给，竟不获款奉，愧负不可言。牷辱访别，惋怅不已。信宿起居佳胜。明日成行否？不克诣违，千万保重，保重！新酒两壶，辄持上，不罪浼渎。不一一。轼再拜主簿曹君亲家阁下。八月十九日。

吾来阳羡，船入荆溪，意思豁然，如惬平生之欲。逝将归老，殆是前缘，王逸少云："我卒当以乐死。"殆非虚言。吾性好种植，能手自接果木，尤好栽橘，阳羡在洞庭上，柑橘栽至易得，当买一小园，种柑橘三百本。屈原作《橘颂》，吾园落成，当作一亭，名之曰"楚颂"。

文中的阳羡、荆溪均是江苏省宜兴市旧称。

楚颂帖拓本（种橘帖）
拓片　尺寸不详　台北故宫博物院藏

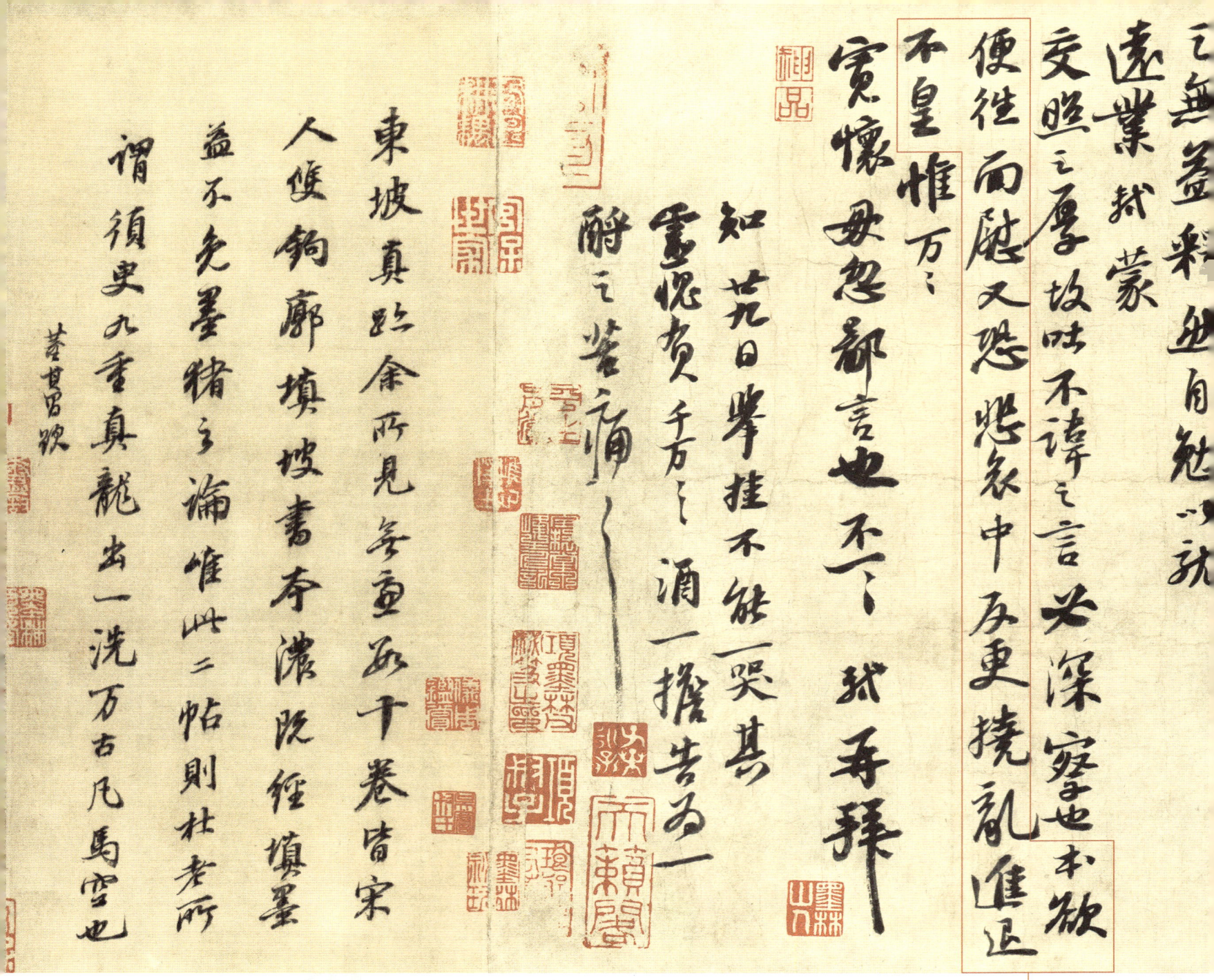

人来得书帖

纸本行书　纵 29.5 厘米，横 45.1 厘米　故宫博物院藏

轼启。人来得书，不意伯诚遽至于此，哀愕不已。

宏才令德，百未一报，而止于是耶！

季常笃于兄弟，而于伯诚尤相知照。想闻之无复生意，若不上念门户付嘱之重，下思三子皆不成立，任情所至，不自知返，则朋友之忧盖未可量。

伏惟深照死生聚散之常理，悟忧哀之无益，释然自勉，以就远业。

轼蒙交照之厚，故吐不讳之言，必深察也。

本欲便往面慰，又恐悲哀中反更挠乱，进退不皇。

惟万万宽怀，毋忽鄙言也。不一一。轼再拜。

知廿九日举挂，不能一哭其灵，愧负千万，千万。

酒一担，告为一醉之。

苦痛，苦痛！

悼念陈慥（陈季常）的哥哥

明代董其昌跋："东坡真迹，余所见无虑数十卷，皆宋人双勾廓填。坡书本浓，既经填墨，盖不免墨猪之论，唯此二帖（《人来得书帖》《新岁展庆帖》）则杜老所谓须臾九重真龙出，一洗万古凡马空也。"

「骨劲肉丰，笔法流畅，有东晋遗风。」

阳羡是苏轼选中的终老之地。

该帖与《新岁展庆帖》都是写给陈慥的信札，被后人合成一帖。

阳羡帖（买田阳羡帖）

纸本行书　纵 27.5 厘米，横 22.6 厘米　旅顺博物馆藏

> 「绵里藏针，刚健秀伟。」

轼虽已买田阳羡，然亦未足伏腊，禅师前所言下备邻庄，果如何，托得之面议，试为经度之。及景纯家田亦为议过，已面白得之，此不详云也。冗事时渎高怀，想不深罪也。轼再拜。

苏轼书法中的洒脱之作。

项元汴收藏千字文第七五九"抽"字编号。

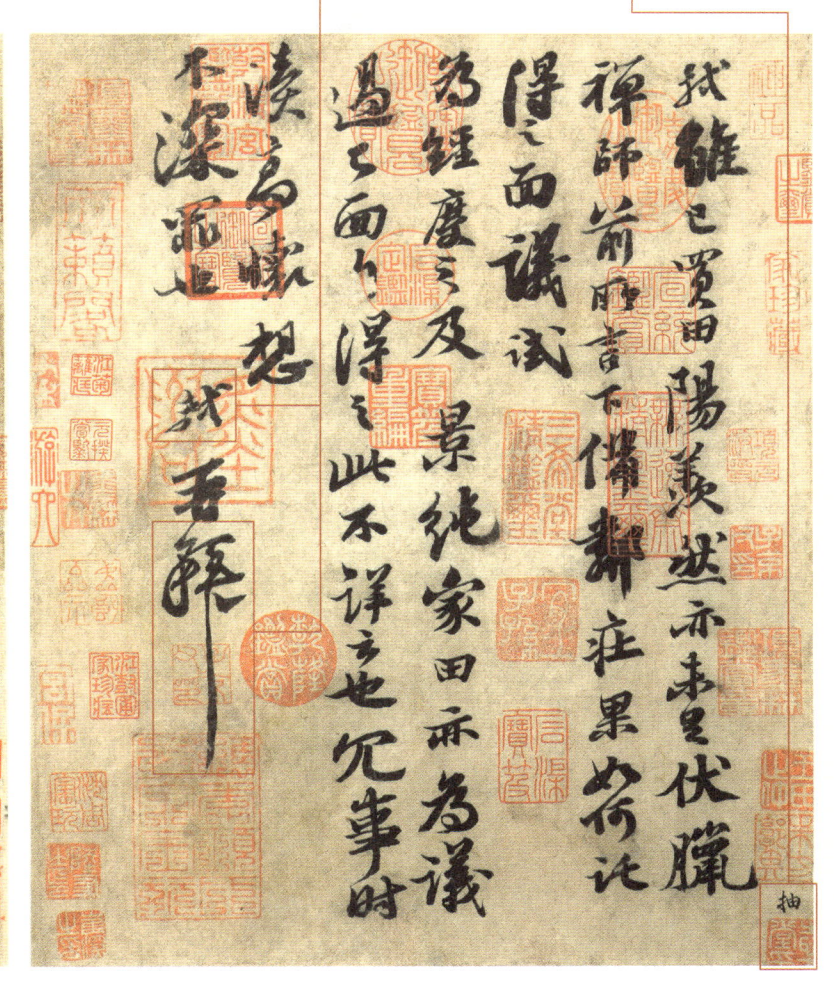

卷尾题有"轼为莘老作"五字。明代庐陵人吴勤考证，画作是苏轼在黄州期间赠予孙莘老的墨宝，"莘老"即孙觉，苏东坡同年进士。

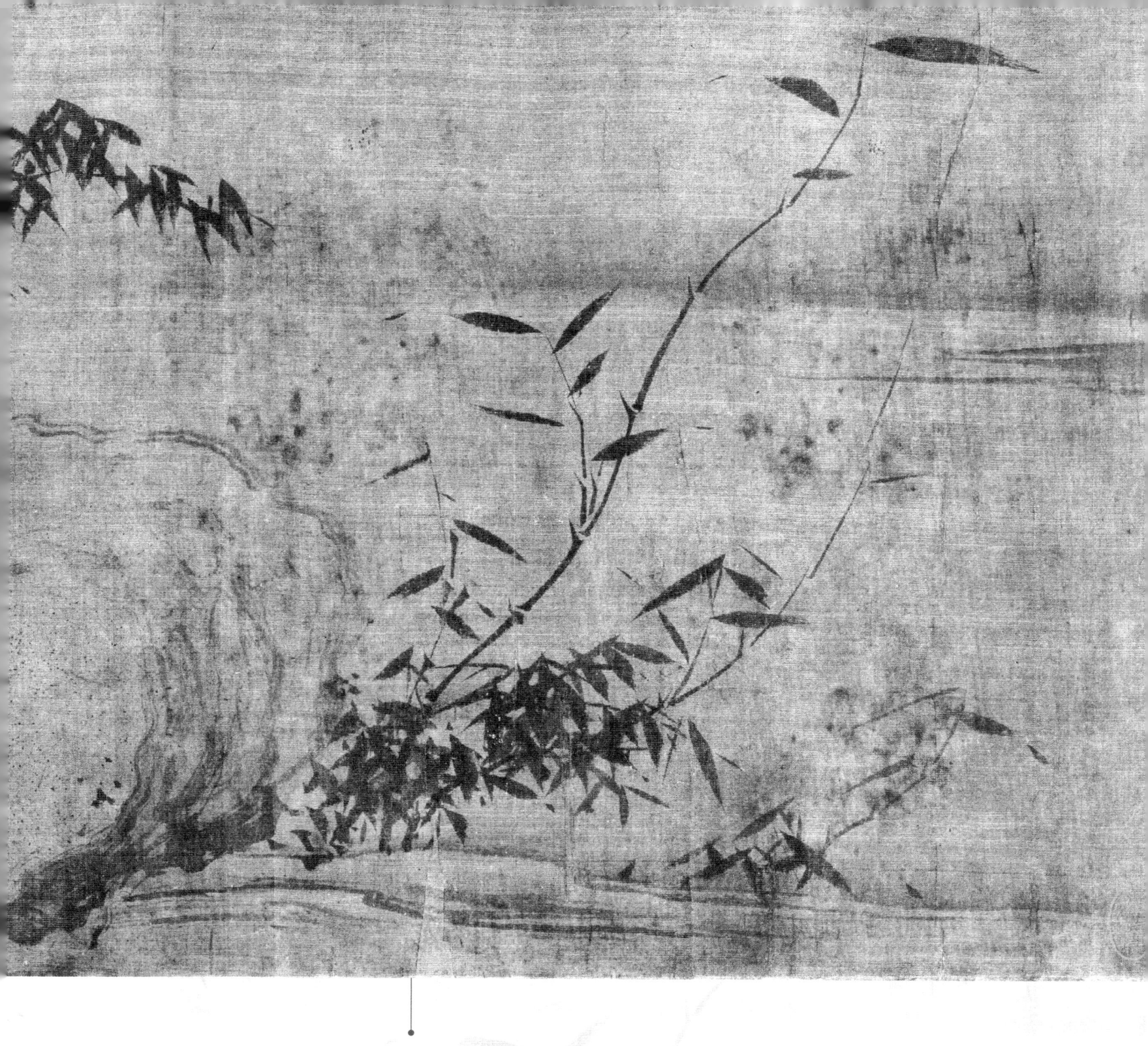

画作以潇湘二水的交汇点为中心，远山烟水，风雨瘦竹，近水与云水、蹲石与远山、筱竹与烟树产生强烈对比，让人在窄窄画幅内如阅千里江山。

> 大抵写意，不求形似。

苏轼作画用笔颇具书法意味，为后世文人画"书写化"用笔提供了宝贵的经验。

潇湘竹石图
绢本水墨
纵 28 厘米，横 105.6 厘米
苏轼（传）
中国美术馆藏

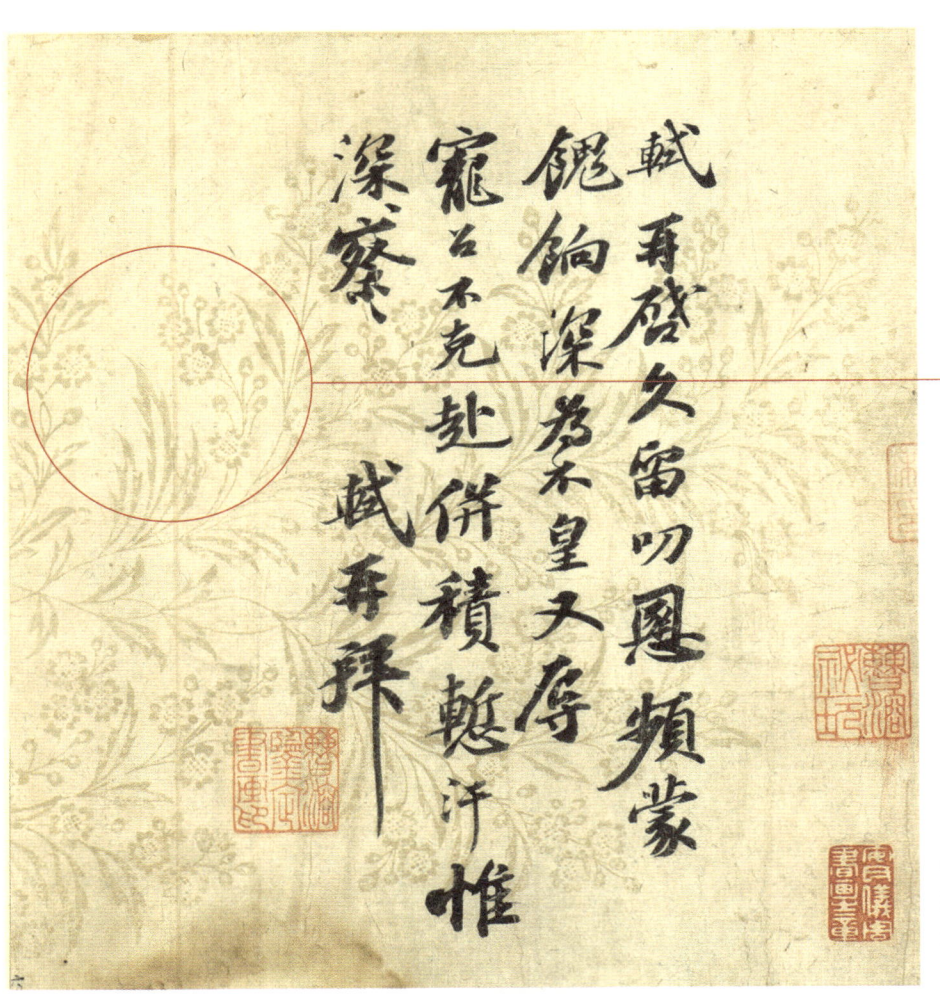

宋代砑花笺纸上的土黄色花卉。

久留帖
纸本行书
纵 25.1 厘米，横 23.1 厘米
台北故宫博物院藏

轼再启。久留叨恩，频蒙馈饷，深为不皇。又辱宠召，不克赴，并积惭汗，惟深察，深察！轼再拜。

宣猷丈丈，计已屏事斋居。未敢上状。至常，乃附区区。轼惶恐。

宋代砑花笺纸上的白色几何图案。

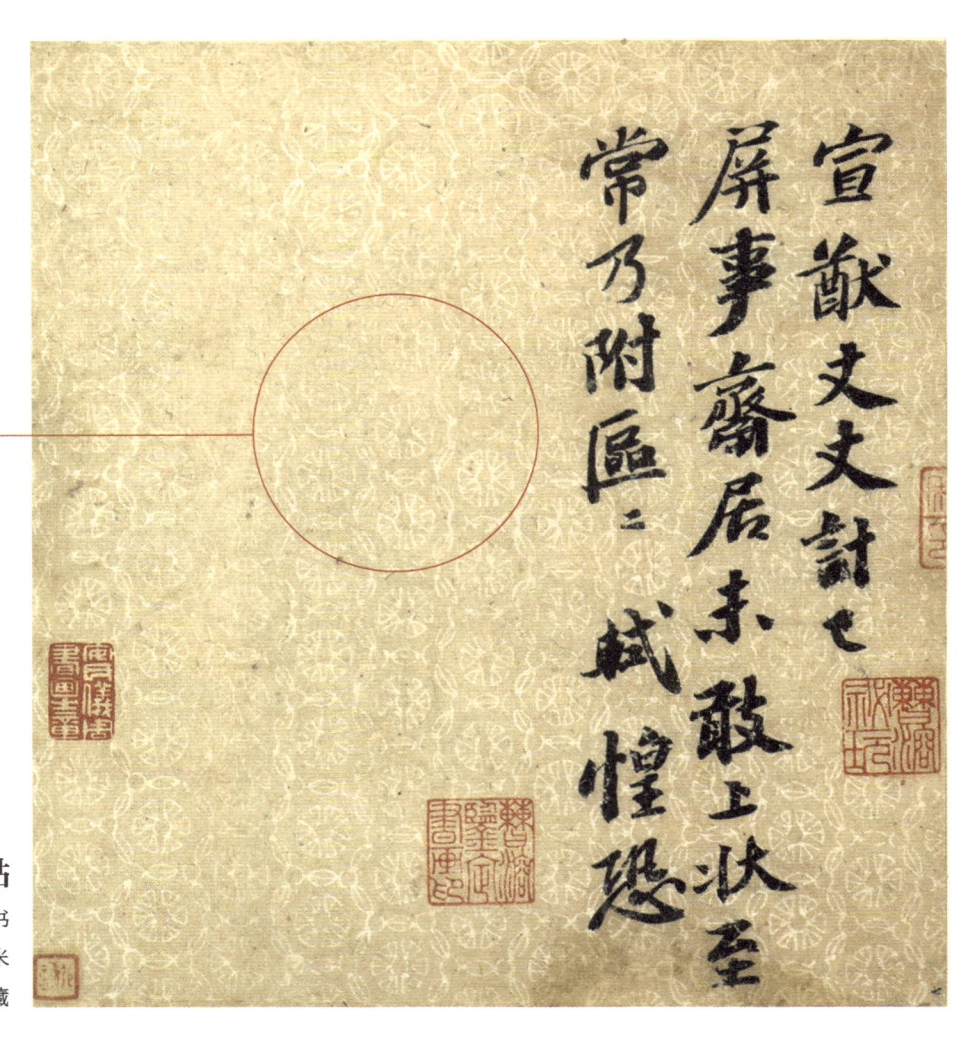

屏事帖
纸本行书
纵 25.1 厘米，横 23.1 厘米
台北故宫博物院藏

遗过子帖尺牍

纸本行书
纵24.2厘米，横26.7厘米
台北故宫博物院藏

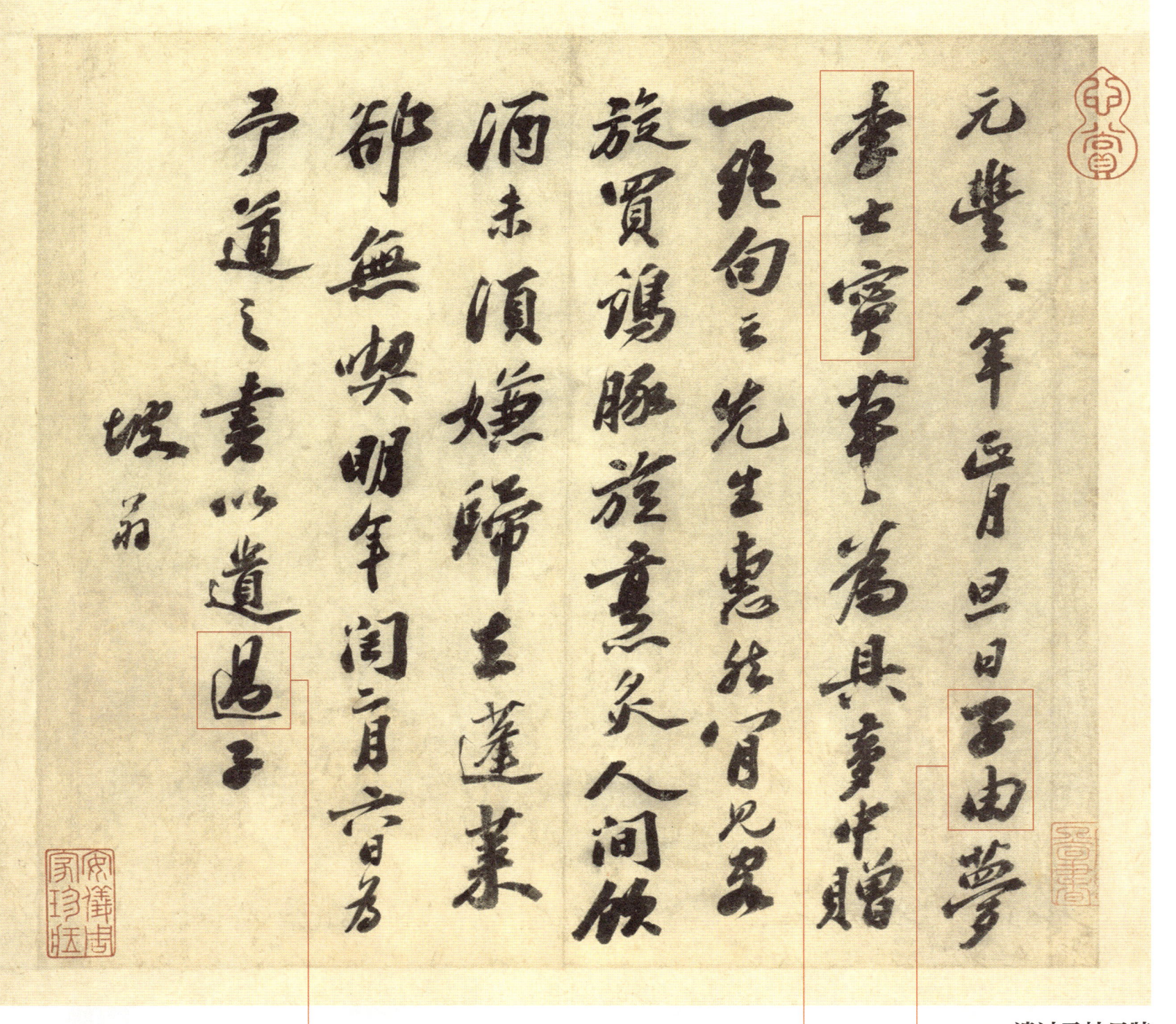

苏过，苏东坡的第三子

李士宁，据传曾学道多年，且出口成诗，得王安石赏识。

苏辙，苏东坡的弟弟

「北宋时文人士大夫的精神世界，寄情于书画，书温馨亲情。」

元丰八年正月旦日，子由梦李士宁草草为具。梦中赠一绝句云先生惠然肯见客，旋买鸡豚旋烹炙。人间饮酒未须嫌，归去蓬莱却无吃。明年闰二月六日，为予道之，书以遗过子。坡翁。

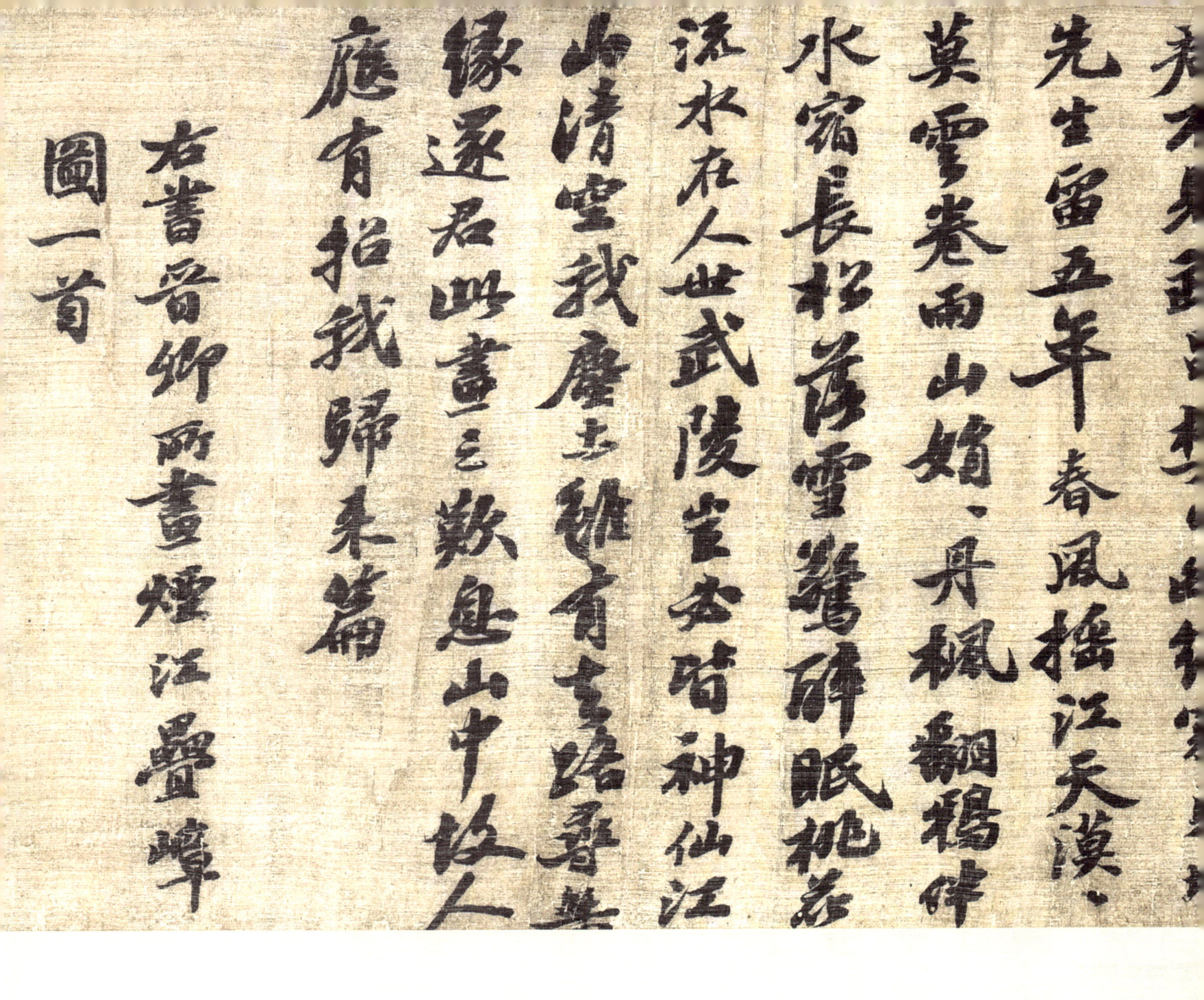

其一

江上愁心千叠山，浮空积（翠）如云烟。山耶云耶远莫知，烟空云散山依然。但见两崖苍苍暗绝谷，中有百道飞来泉。

萦林络石隐复见，下赴谷口为奔川。川平山开林麓断，小桥野店依山前。行人稍度（乔）木（外），（渔舟）一叶江吞天。

使君何从得此本，点缀毫末分清妍。不知人间何处有此境，径欲（往买）二顷田。君不见武昌樊口幽绝处，东坡先生留五年！

跋宋王诜烟江叠嶂图卷

王诜（传）《烟江叠嶂图》卷　绢本水墨　纵45.2厘米，横166厘米（画芯）　上海博物馆藏

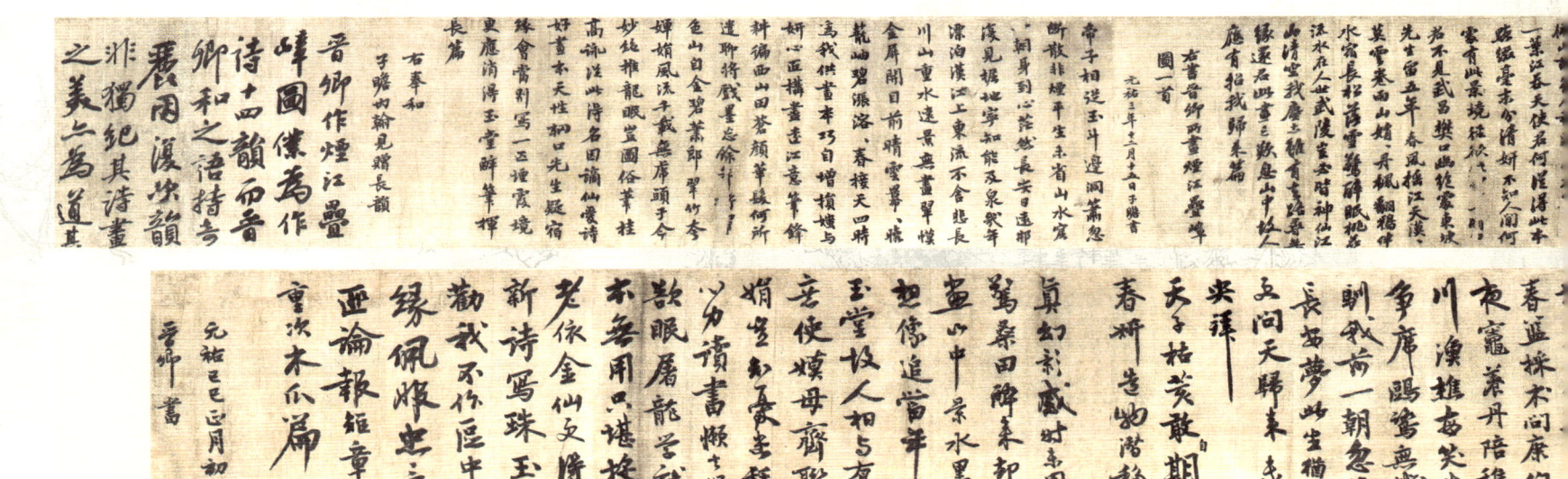

江上愁心千叠山，浮空积翠如云烟。山耶云耶远莫知，烟空云散山依然。但见两崖苍苍暗绝谷，中有百道飞来泉。萦林络石隐复见，下赴谷口为奔川。川平山开林麓断，小桥野店依山前。行人稍度乔木外，渔舟一叶江吞天。使君何从得此本，点缀毫末分清妍。不知人间何处有此境，径欲往买二顷田。

其二

春风摇江天漠漠，暮云卷雨山娟娟。
丹枫翻鸦伴水宿，长松落雪惊醉眠。
桃花流水在人世，武陵岂必皆神仙？
江山清空我尘土，虽有去路寻无缘，
还君此画三叹息，山中故人应有招我归来篇。

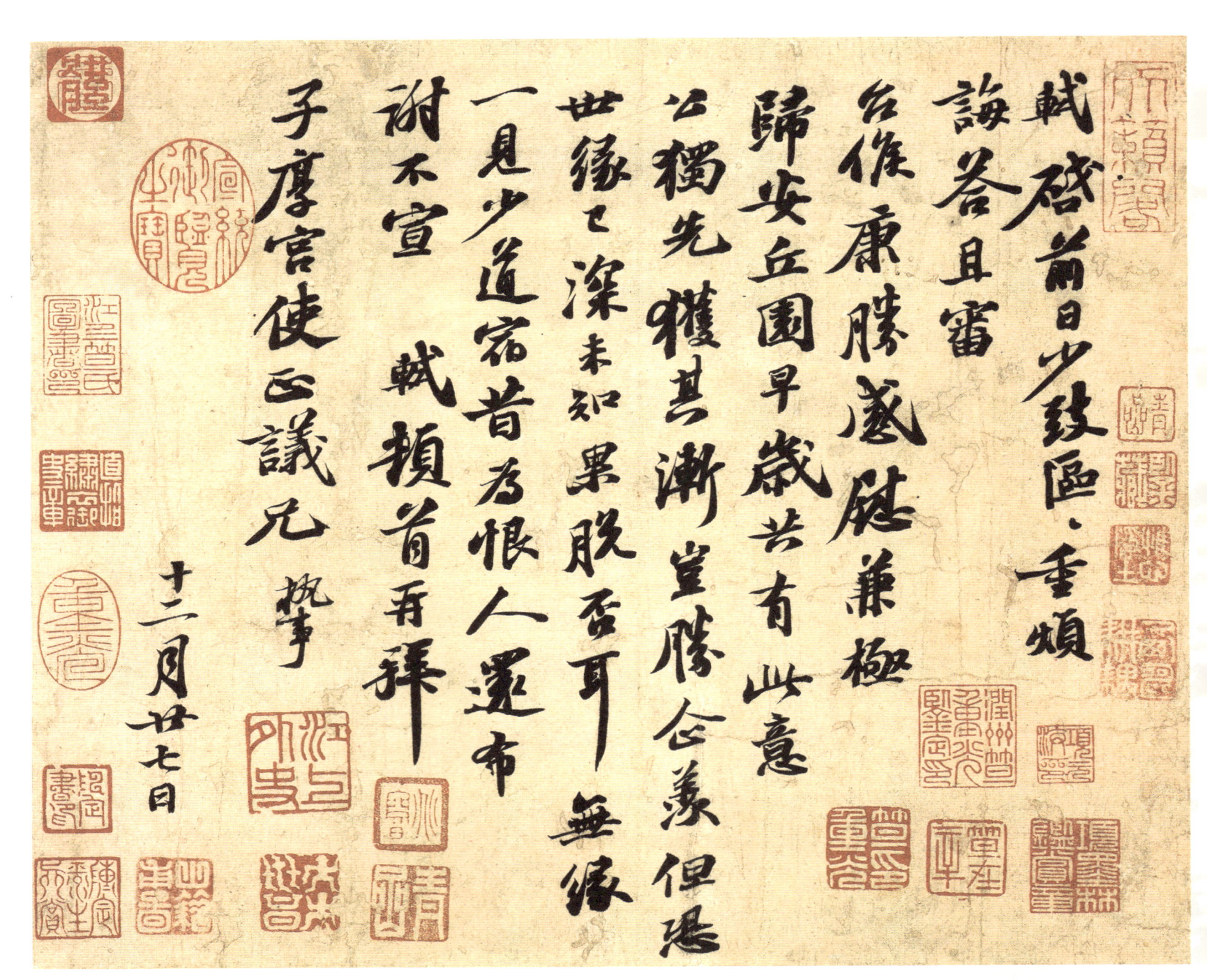

归安丘园帖（致子厚宫使正议尺牍）

纸本行书　纵 25.6 厘米，横 31.1 厘米　台北故宫博物院藏

子厚，即章惇，苏东坡的朋友。属王安石一派。当时正被贬汝州。在官场中连升三级的苏东坡，致信被贬的朋友以表安慰。

「用笔自然，随意舒展，和谐畅怀。」

轼启。前日少致区区，重烦诲答。且审台侯康胜，感慰兼极。归安丘园，早岁共有此意，公独先获其渐，岂胜企羡。但恐世缘已深，未知果脱否耳？无缘一见，少道宿昔为恨。人还，布谢不宣。轼顿首再拜，子厚宫使正议兄执事。十二月廿七日。

晋卿为仆所累，仆既谪齐安，晋卿亦贬武当。饥寒穷困，本书生常分，仆处之不戚戚。固宜。独怪晋卿以贵公子罹此忧患而不失其正，诗词益工，超然有世外之乐。此孔子所谓可与久处约，长处乐者耶。元祐元年九月八日，苏轼书。

该帖是苏东坡为王诜自书诗所作的题跋，记述了王诜因受其累而贬至武当，仍然醉心于诗词，有世外之乐。

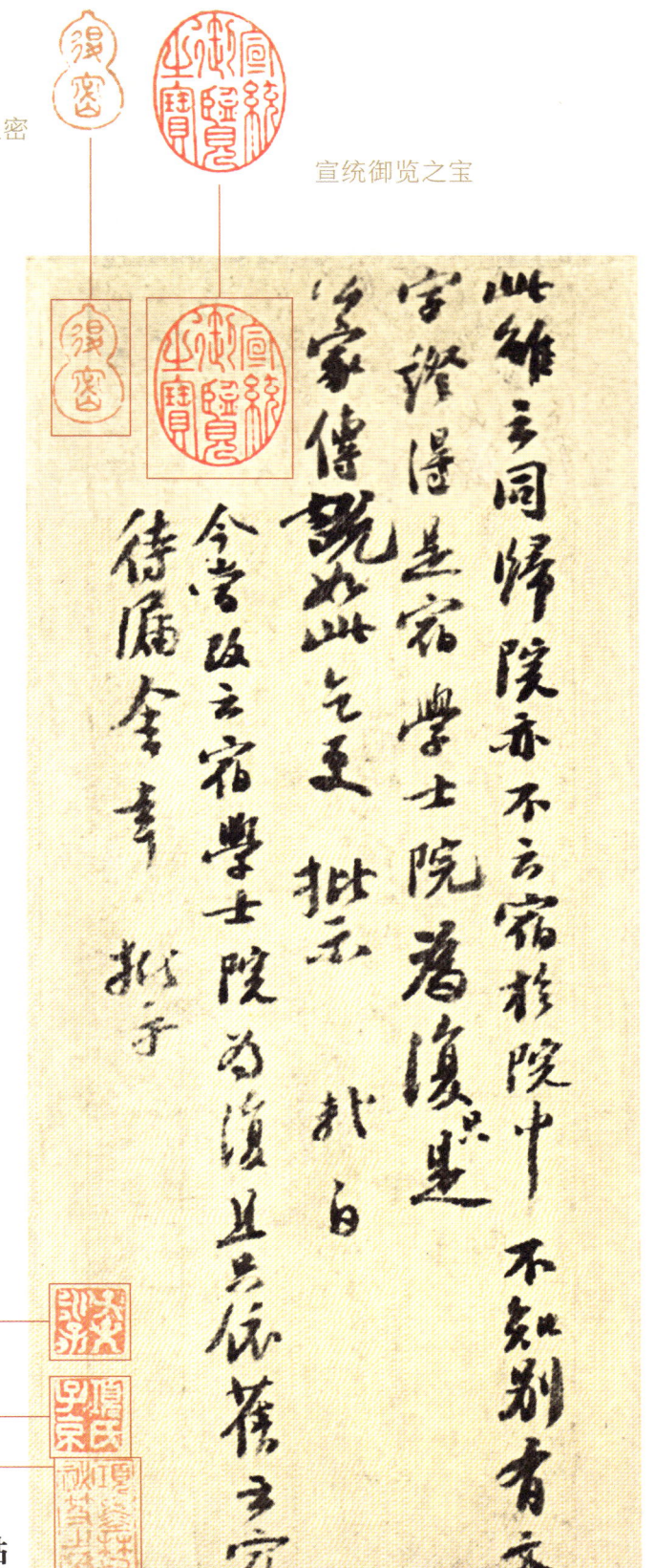

题王诜诗帖
纸本行书　纵 29.9 厘米，横 25.7 厘米　故宫博物院藏

退密

宣统御览之宝

「自出新意，不践古人。」

此虽云同归院，亦不云宿于院中。
不知别有文字，证得是宿学士院为复。
只是公家传说如此，乞更批示。轼白。
今当改云宿学士院为复，且只依旧
云宿待漏舍，幸批示。

叙述了批示"同归院""宿学士院"和"宿待漏舍"三个名称统一这件事。

子孙永保

项氏子京

项墨林父秘笈之印

归院帖
纸本行书　纵 35.1 厘米，横 12.4 厘米　故宫博物院藏

帝亦知之因事屢稱謀之左右有問
莫應
君聞不悔與義降外吾豈羽毛為
人所鷹抱默以老舍章不於環堵
蕭然大布疏繒
妻子脫粟玉食友明賦遷于南
穀五登堂闊百吏錐刀相仍
有斐君子傳車是乘穆如春風解
此陰凌尚有
典刑紫歸垂膺魯無
君子斯人安承納幣請昏義均股

苏东坡与苏辙联名吊祭姻戚黄好谦（字几道）的祭文。在生活比较安定的日子里，怀念故友，悲伤至极。

此帖历代鉴藏者有：
南宋黄仁俭、明王世贞、
明何良俊、清笪重光、
清王鸿绪、清顾文彬、
清瞿中溶。

> 严谨端庄，墨意凝聚，有晋唐风范。

董其昌题跋

维元祐二年，岁次丁卯八月庚辰朔，越四日癸未。翰林学士、朝奉郎、知制诰苏轼，朝奉郎、试中书舍人苏辙，谨以清酌庶羞之奠，昭告于故颍州使君同年黄兄几道之灵：

呜呼几道，孝友烝烝。人无间言，如闵与曾。天若成之，付以百能。超然骥德，风骛云腾。人为御史，以直自绳。终然玉雪，不污青蝇。出按百城，不缓不捈。奸民惰吏，实畏靡憎。帝亦知之，因事屡称。谋之左右，有问莫应。君闻不悛，与义降升。吾岂羽毛，为人所鹰。抱黩以老，含章不矜。环堵萧然，大布疏缯。妻子脱粟，玉食友朋。轼迁于南，秋谷五登。坐阅百吏，锥刀相仍。有斐君子，传车是乘。穆如春风，解此阴淩。尚有典刑，紫髯垂膺。鲁无君子，斯人安承。纳币请昏（婚），义均股肱。别我而东，衣袂仅胜。一卧永已，吾将安凭。寿命在天，虽圣莫增。君赵魏老，老于薛滕。天亦愧之，其世必兴。举我一觞，归安丘陵。尚飨。

祭黄几道文卷（局部）

纸本楷书　纵31.6厘米，横121.7厘米　上海博物馆藏

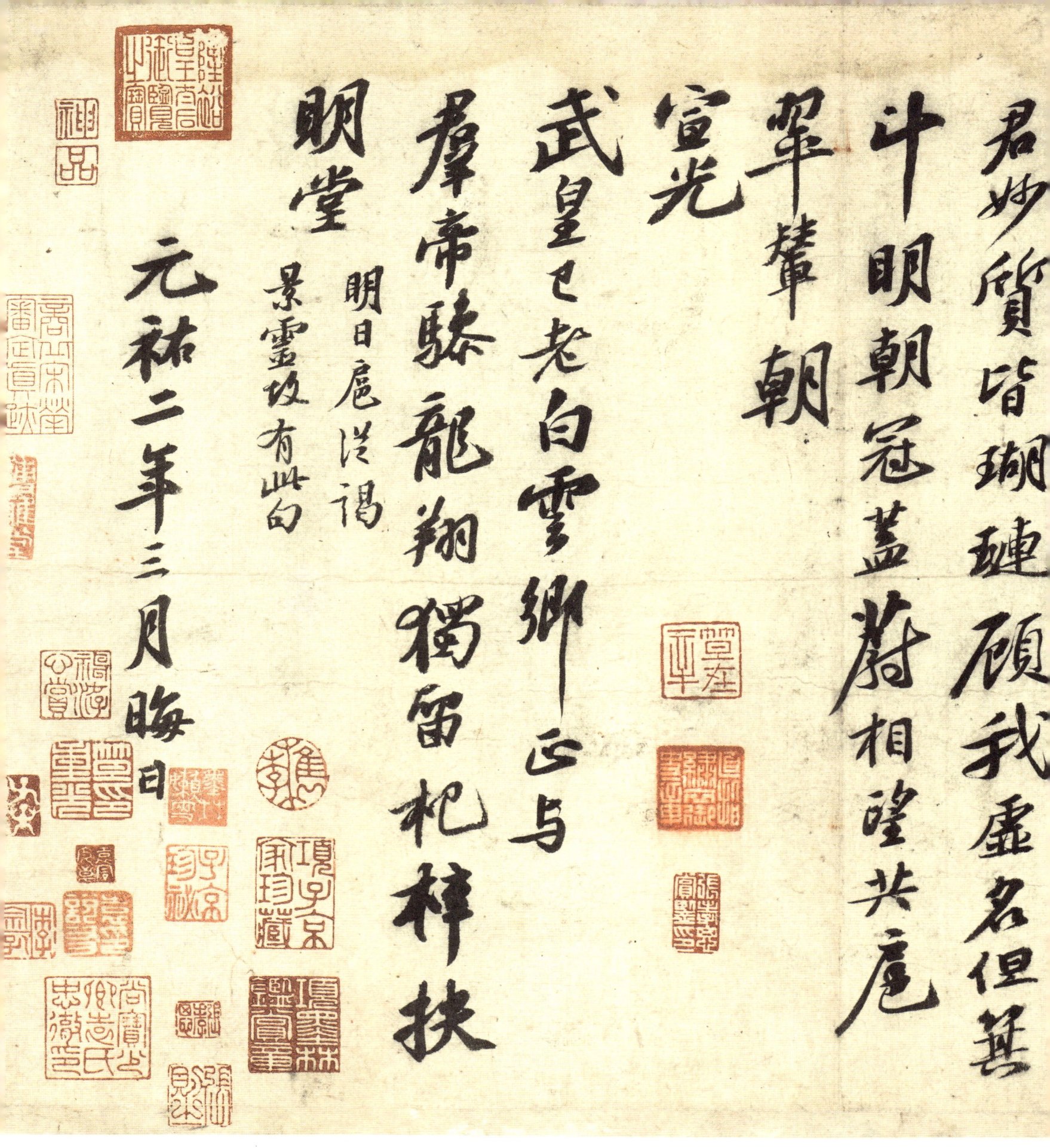

次韵三舍人省上诗帖

纸本行书　纵30.9厘米，横47.9厘米　台北故宫博物院藏

「有法而不泥于法，尚意书风典范。」

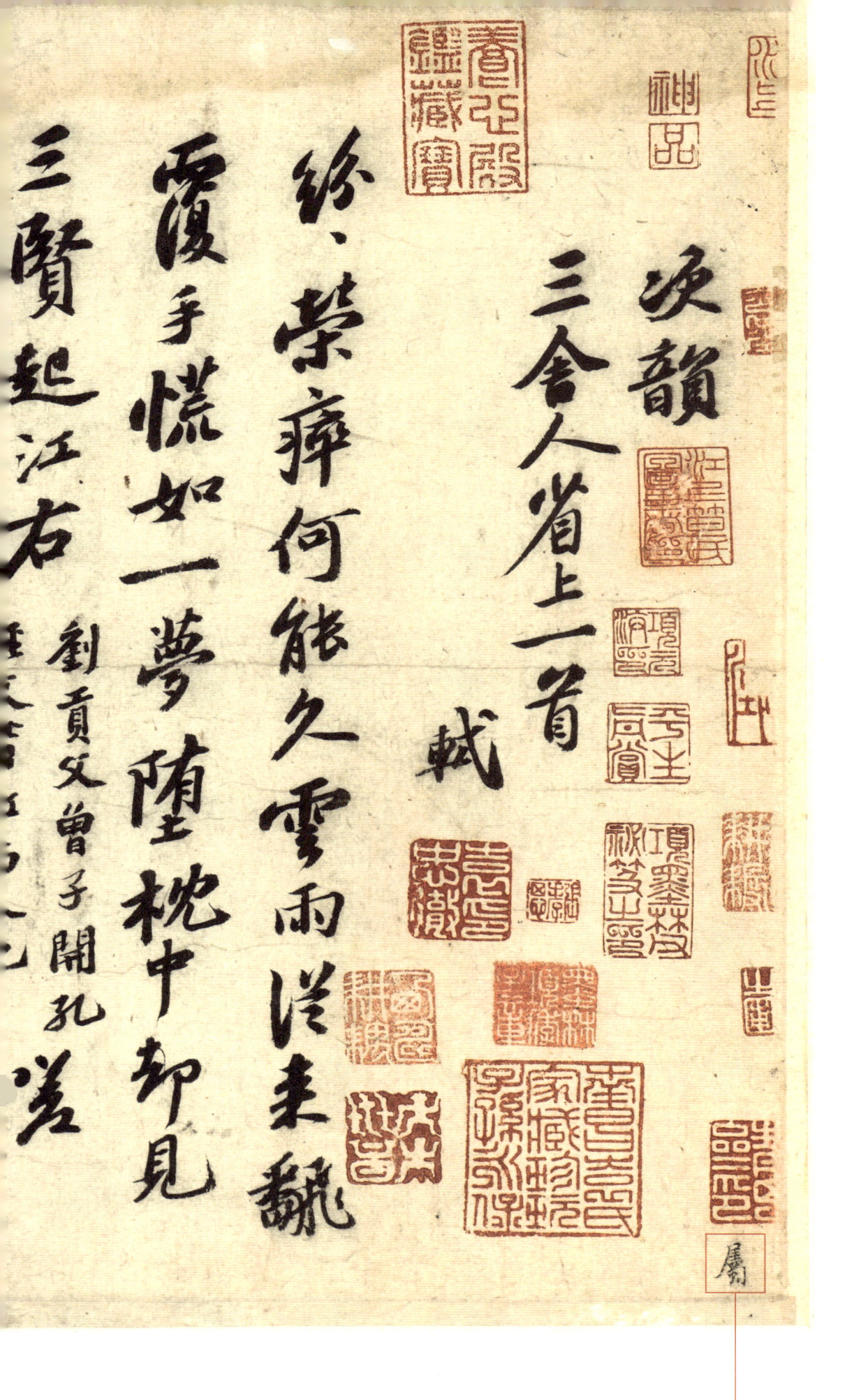

次韵三舍人省上一首 轼 纷纷荣瘁何能久,云雨从来翻覆手。慌如一梦堕枕中,却见三贤起江右(刘贡父、曾子开、孔经父皆江西人也)。嗟君妙质皆瑚琏,顾我虚名但箕斗。明朝冠盖蔚相望,共鹓翠辇朝宣光。武皇已老白云乡,正与群帝骖龙翔。独留杞梓扶明堂(明日扈从谒景灵,故有此句)。元祐二年三月晦日。

项元汴收藏千字文第七九七"属"字编号

次韵:作诗时讲究押韵,次韵是用相同的字作韵脚,而且次序也相同。除了次韵还有依韵和用韵两种押韵方式。

可能是多次与苏东坡交往的朱康叔。

元祐三年五月八日，武昌朱君善招饮于云麓寺，宿无尘阁中作此。东坡居士。

乾隆题："绝壑离披数叶筠，髯翁作此宿无尘。莫嫌石瘦根何讬，大似稜稜强项人。庚午中秋御题。"

印文：乾隆

「古朴雅致，书画一体。」

墨竹图
纸本水墨
纵 98 厘米，横 42.5 厘米
苏轼（传）
沃雪斋藏

东武:宋代的密州,又称诸城。

「超凡洒脱,意合自然。」

东武小邦,不烦牛刀。实无可以上助万一者,非不尽也。虽隔数政,犹望掩恶耳。真州房缗,已令子由面白,悚息,悚息。轼又上。

东武帖

纸本行书　纵 28.7 厘米,横 66.1 厘米　台北故宫博物院藏

「藏锋敛锷，姿媚可爱。」

　　吴侬生长湖山曲，呼吸湖光饮山绿。不论世外隐君子，佣儿贩妇皆冰玉。先生可是绝俗人，神清骨冷无由俗。我不识君曾梦见，眸子了然光可烛。遗篇妙字处处有，步绕西湖看不足。诗如东野不言寒，书似留台差少肉。平生高节已难继，将死微言犹可录。自言不作封禅书，更肯悲吟白头曲。（司马长卿欲娶富人女文君，作白头吟以诮之，先生临终诗云："茂陵他日求遗草，犹喜曾无封禅书。"）我笑吴人不好事，好作祠堂傍修竹。不然配食水仙王，一盏寒泉荐秋菊。（西湖有水仙王庙）

书和靖林处士诗后
纸本行书　纵32厘米，横302.6厘米（林逋行书自书诗卷）　故宫博物院藏

宋和靖處士林逋高節邁俗詩文筆札當時即薌之蘇軾題其五詩卷又有二札冊明吳寬諸人皆疊軾韻題末二種先後入內府珎藏予自丁丑至甲辰五次南巡攜卷就題已丑得二札復題之六疊韻互書卷冊聯匣彙弆誌延津之合乾隆辛亥御識

臣董誥奉
勅敬書

后纸有乾隆用苏东坡原韵四次御题七言诗及题记一段，又有明王世贞、王世懋，清王鸿绪、董诰四家题跋。

此卷是林逋归隐西湖孤山时所作，共5首诗，除第2首是五言诗外，其余均为七言诗。苏东坡书七言古诗一首，无年款，据徐邦达先生考证，可能是元祐四、五年间苏东坡第二次到杭州作刺史时所书。

書和靖林處士詩後
蘇軾

吳儀生長湖山曲呼吸湖光飲山綠不論世外隱君子傭兒販婦皆冰玉先生可是絕俗人神清骨冷無由谷

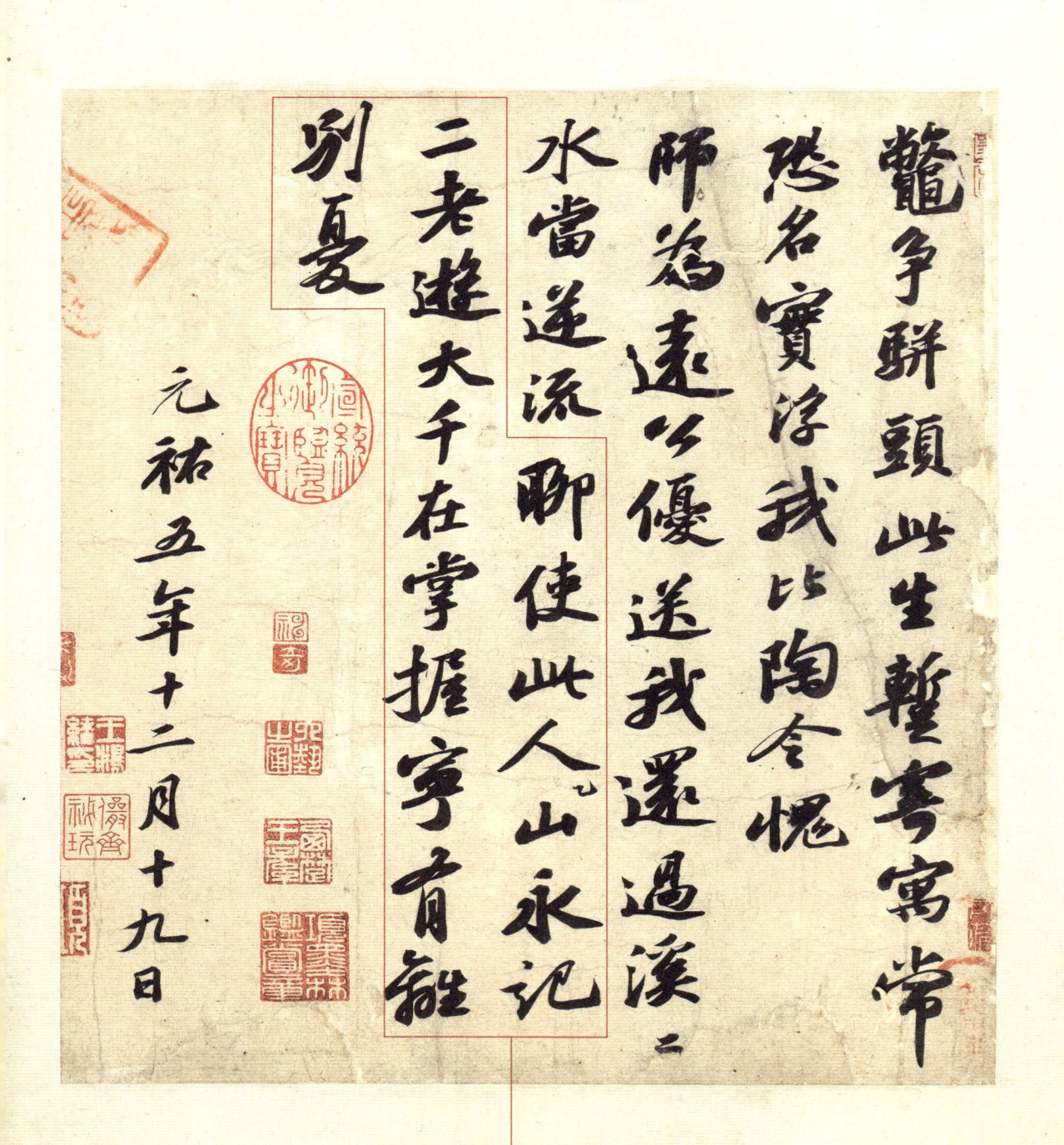

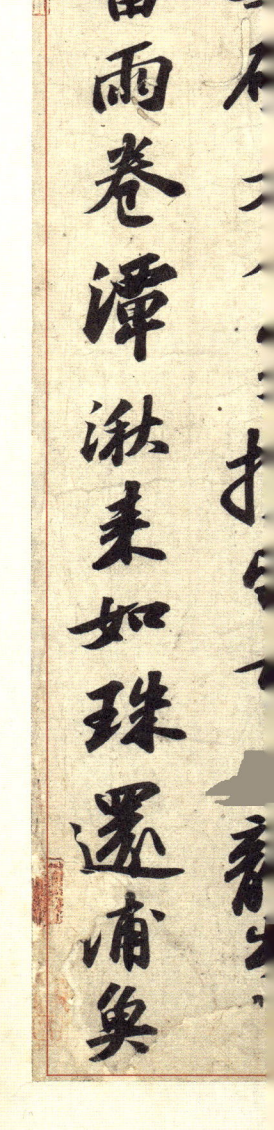

次辩才韵诗帖

纸本行书　全幅 纵 42.1 厘米，横 71.3 厘米　台北故宫博物院藏

对友情的追忆，体现面对人生的豁达胸怀。

据传辩才是一位高僧，曾为苏东坡写《龙井新序初成诗呈府帅苏翰林》，此帖是为和辩才的诗而作。作品由序和诗两部分组成，内容为与辩才交往的故事。此作丰腴浑厚，有秀逸之质，展现了苏东坡书法的独特魅力。

「与子成二老，来往亦风流。
——杜甫」

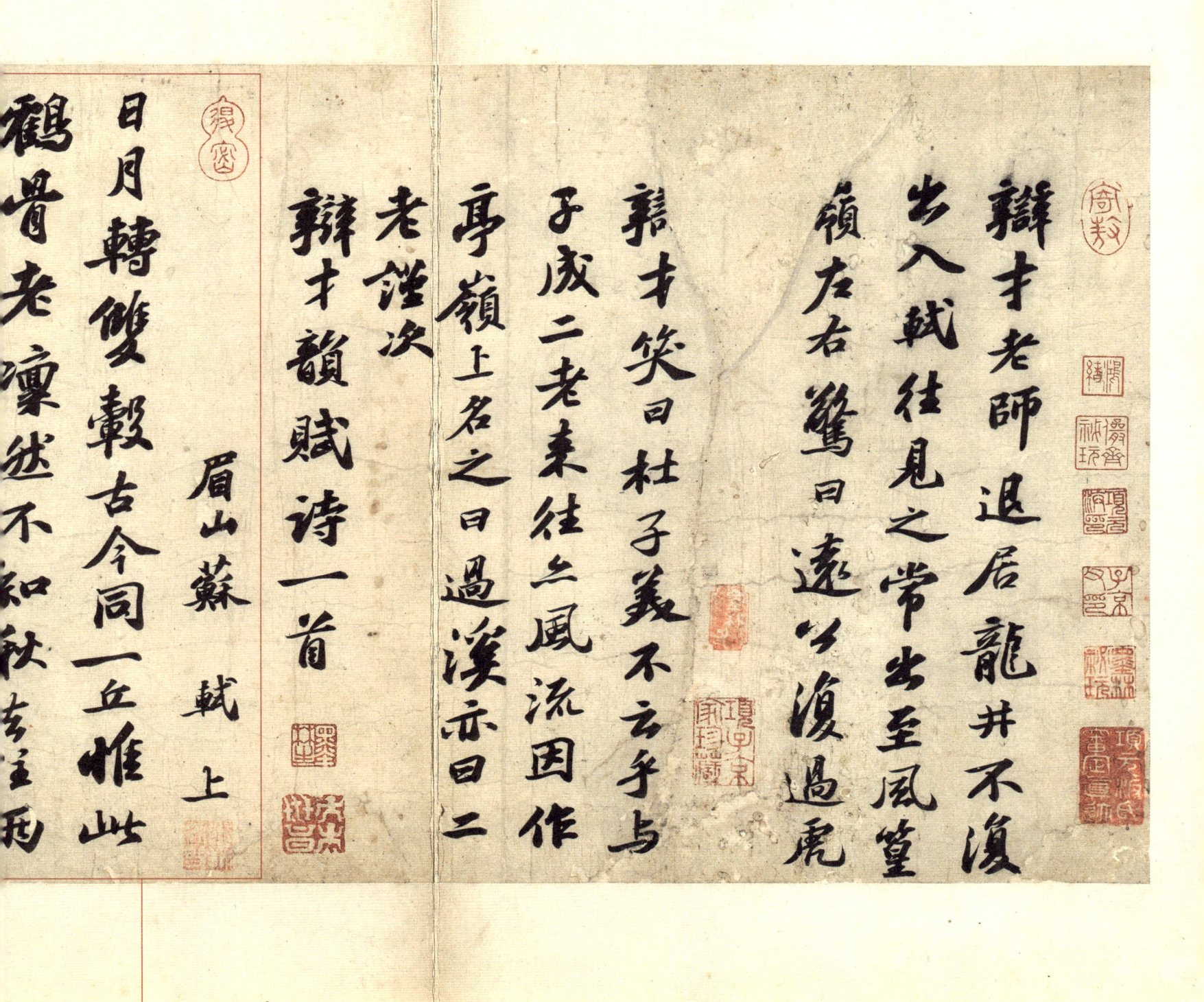

赋诗一首为主体

序

辩才老师，退居龙井，不复出入。轼往见之，常出至风篁岭。左右惊曰："远公复过虎（溪矣）。"辩才笑曰："杜子美不云乎：'与子成二老，来往亦风流。'"因作亭岭上，名之曰"过溪"，亦曰"二老"。谨次辩才韵赋诗一首。眉山苏轼上。

诗

日月转双毂，古今同一丘。惟此鹤骨老，凛然不知秋。去住两无碍，天人争挽留。去如龙出（山），雷雨卷潭湫。来如珠还浦，鱼鳖争骈头。此生暂寄寓，常恐名实浮。我比陶令愧，师为远公优。送我还过溪，溪水当逆流。聊使此山人，永记二老游。大千在掌握，宁有离别忧。元祐五年十二月十九日。

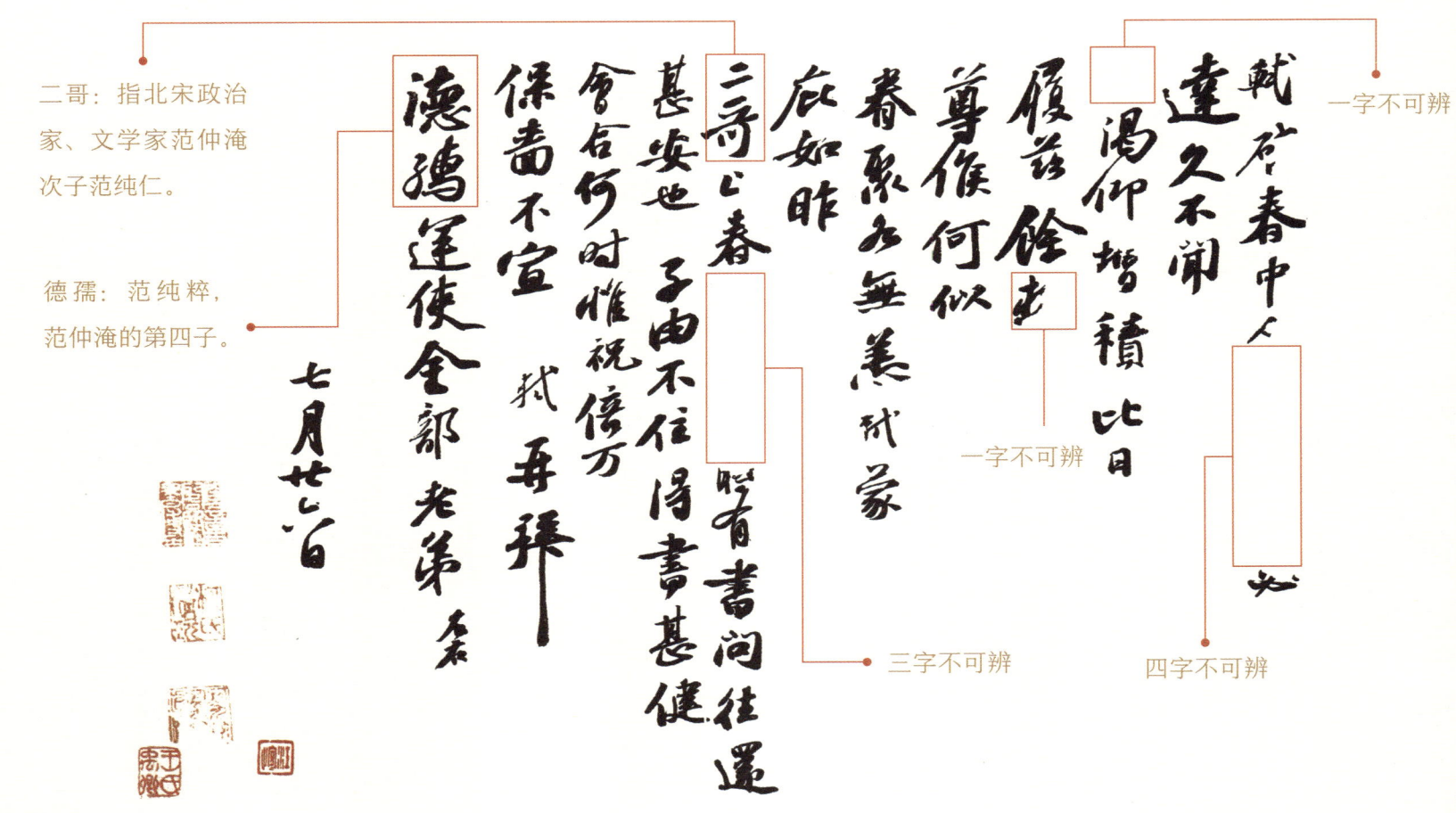

二哥：指北宋政治家、文学家范仲淹次子范纯仁。

德孺：范纯粹，范仲淹的第四子。

一字不可辨

一字不可辨

三字不可辨

四字不可辨

春中帖
纸本行书　纵 28.2 厘米，横 43.1 厘米　故宫博物院藏

「浑厚凝重，寓巧于拙。」

李白仙诗卷
纸本（蜡笺）行书　纵 34.5 厘米，横 106 厘米（书芯）　日本大阪市立美术馆藏

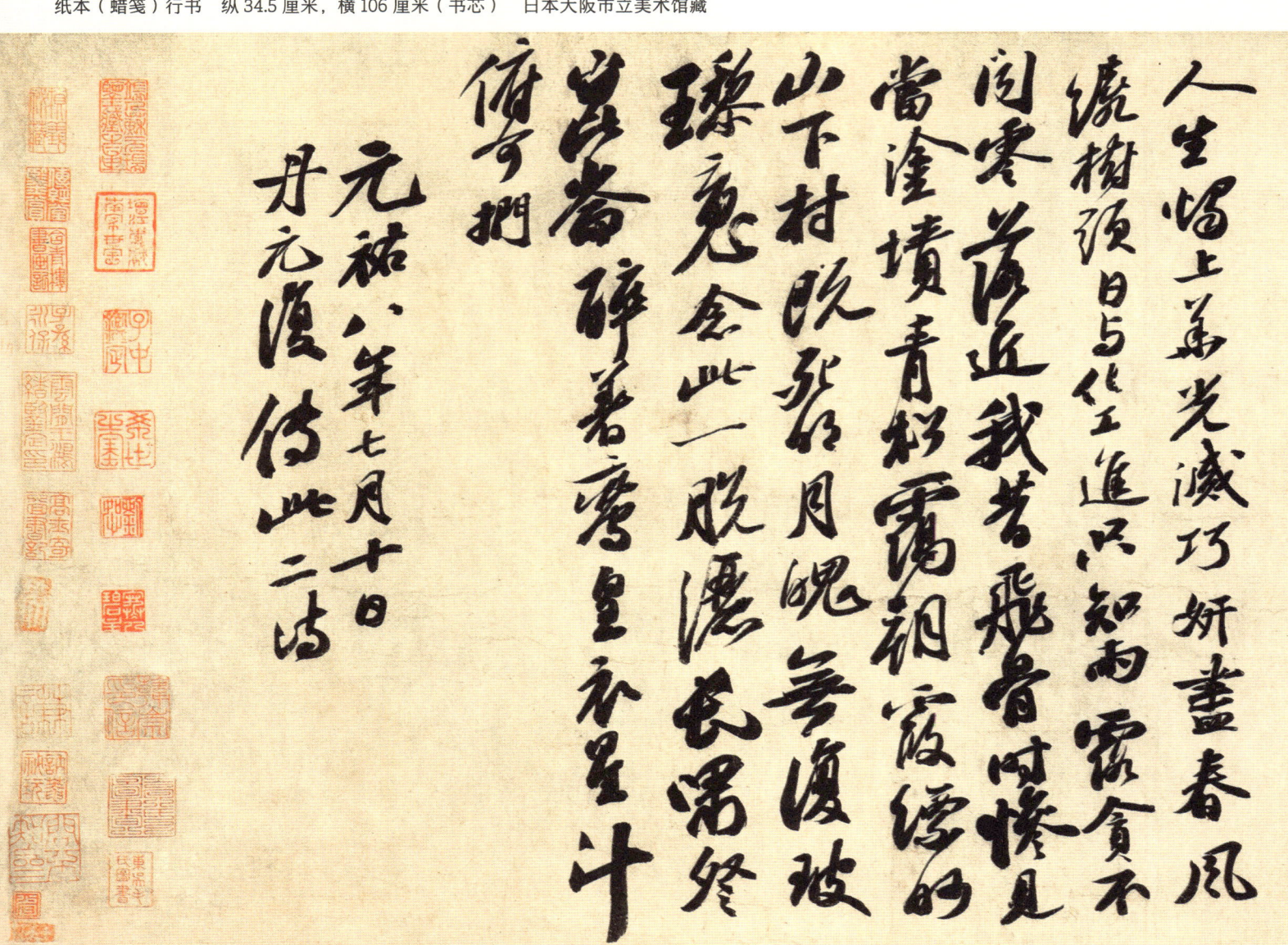

一字不可辨

南轩梦语帖
纸本行楷　纵28.4厘米，横56.3厘米　台北故宫博物院藏

"患难"两字颠倒，显匆忙心境。

令子帖
纸本行书　纵30.4厘米，横25.8厘米　台北故宫博物院藏

「颂太白此语，则人间无诗；观东坡此笔，则人间无字。
——施宜生」

据传是一边听他人诵诗，一边写就的。前半段横势展开，后半段洒脱飘逸。

> 郁屈瑰丽之气，回翔顿挫之姿，真如狮蹲虎踞。
>
> ——张孝思
>
> 姿态百出，而结构谨密，无一笔失操纵，当是眉山最上乘。
>
> ——王世贞

由《洞庭春色赋》和《中山松醪赋》组成，用白麻纸七张拼接而成，是苏东坡传世墨迹中字数最多的一件。洞庭春色、中山松醪均为酒的名称。

以其事同而文类，故录一卷。

《洞庭春色赋》：吾闻橘中之乐，不减商山。岂霜余之不食，而四老人者游戏于其间。悟此世之泡幻，藏千里于一班，举枣叶之有余，纳芥子其何艰，宜贤王之达观，寄逸想于人寰。娟娟兮春风，泛天宇兮清闲。吹洞庭之白浪，涨北渚之苍湾。携佳人而往游，勤雾鬓与风鬟，命黄头之千奴，卷震泽而与俱还，糅以二米之禾，藉以三脊之菅。忽云蒸而冰解，旋珠零而涕潸。翠勺银罂，紫络青纶，随属车之鸱夷，款木门之铜镮。分帝觞之余沥，幸公子之破悭。我洗盏而起尝，散腰足之痹顽。尽三江于一吸，吞鱼龙之神奸，醉梦纷纭，始如髦蛮，鼓包山之桂楫，扣林屋之琼关。卧松风之瑟缩，揭春溜之淙潺，追范蠡于渺茫，吊夫差之惸鳏，属此觞于西子，洗亡国之愁颜。惊罗袜之尘飞，失舞袖之弓弯。觉而赋之，以授公子曰：乌乎噫嘻，吾言夸矣，公子其为我删之。

《中山松醪赋》：始余宵济于衡漳，车徒涉而夜号。燧松明以记浅，散星宿于亭皋。郁风中之香雾，若诉予以不遭。岂千岁之妙质，而死斤斧于鸿毛。效区区之寸明，曾何异于束蒿。烂文章之纠缠，惊节解而流膏。嗟构厦其已远，尚药石之可曹。收薄用于桑榆，制中山之松醪。救尔灰烬之中，免尔萤爝之劳。取通明于盘错，出肪泽于烹熬。与黍麦而皆熟，沸春声之嘈嘈。味甘余而小苦，叹幽姿之独高。知甘酸之易坏，笑凉州之蒲萄。似玉池之生肥，非内府之蒸羔。酌以瘦藤之纹樽，荐以石蟹之霜螯。曾日饮之几何，觉天刑之可逃。投挂杖而起行，罢儿童之抑搔。望西山之咫尺，欲褰裳以游遨。跨超峰之奔鹿，接挂壁之飞猱。遂从此而入海，渺翻天之云涛。使夫嵇、阮之伦，与八仙之群豪。或骑麟而翳凤，争榼挈而瓢操。颠倒白纶巾，淋漓宫锦袍。追东坡而不可，归哺歠其醨糟。漱松风于齿牙，犹足以赋《远游》而续《离骚》也。

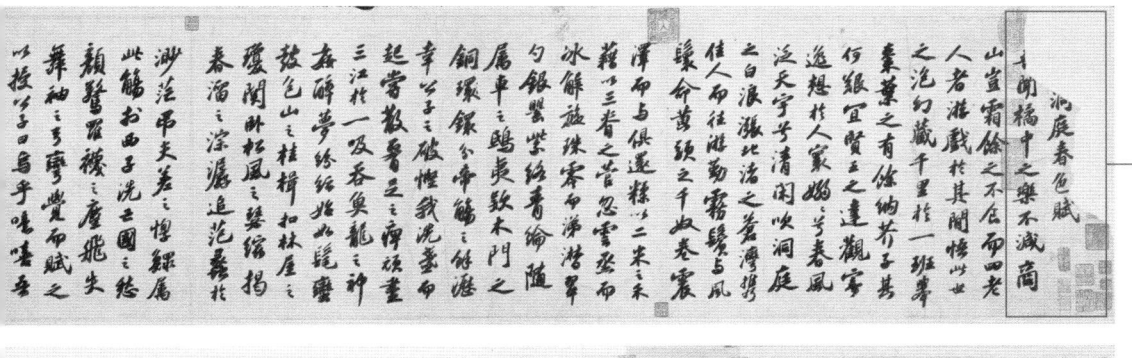

前隔水及引首处有残损

洞庭中山二赋（局部）
纸本行书
纵 28.3 厘米，横 306.3 厘米
吉林省博物馆藏

印文：曹溶鉴定
书画印

印文：宋荦审定

致南圭使君帖
纸本行书
纵 26.1 厘米，横 20.9 厘米
台北故宫博物院藏

　　轼谨奉谒。贺南圭使君阁下。
　　十月一日。

南圭，即方子容，苏东坡被贬惠州后新接任的惠州太守。此帖是苏东坡贺新官上任的拜帖。

墨竹图
数据不详　苏轼（传）　美国大都会艺术博物馆

68

印文：珍玩

北宋蘇東坡

印文：慶華

見真宰

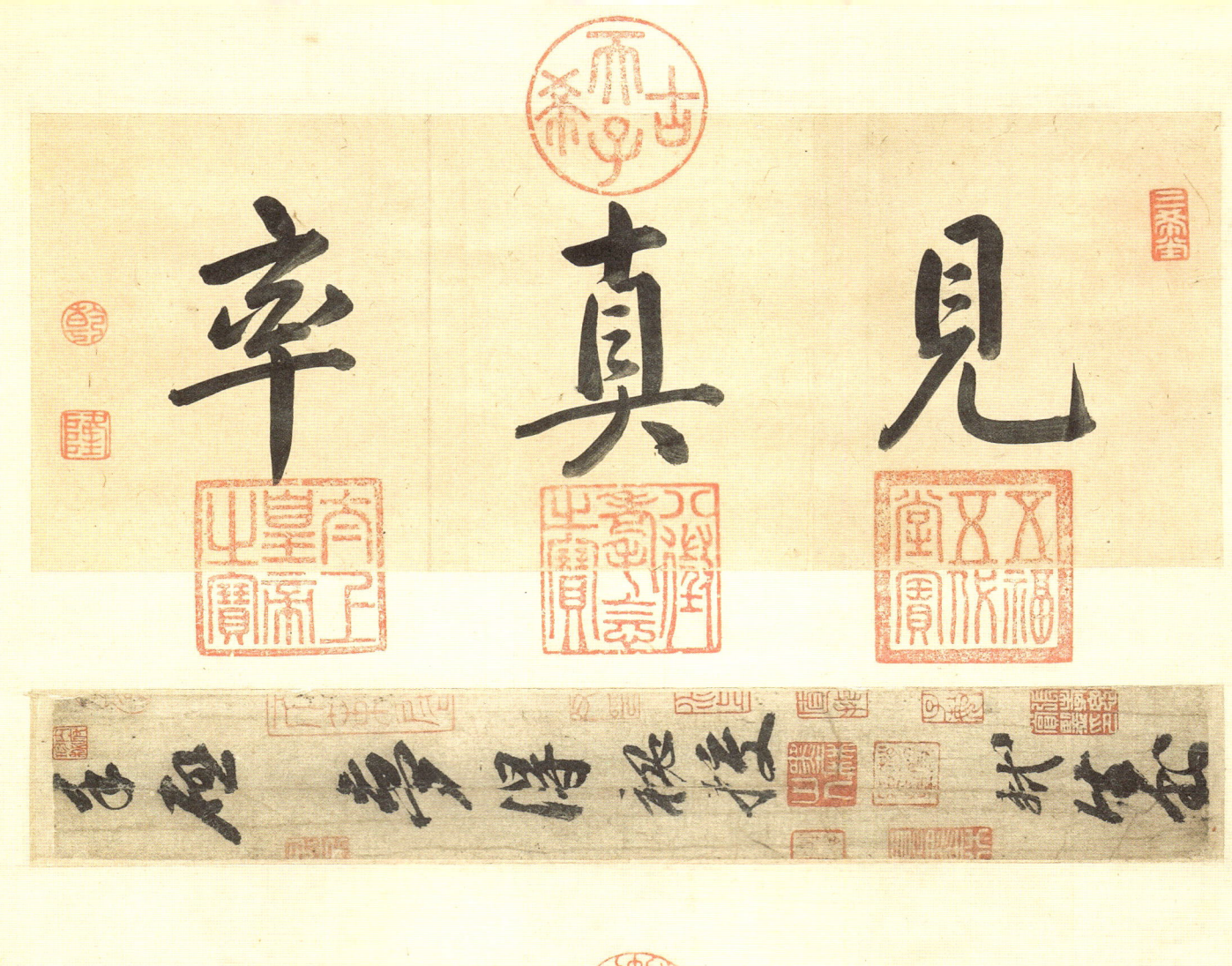

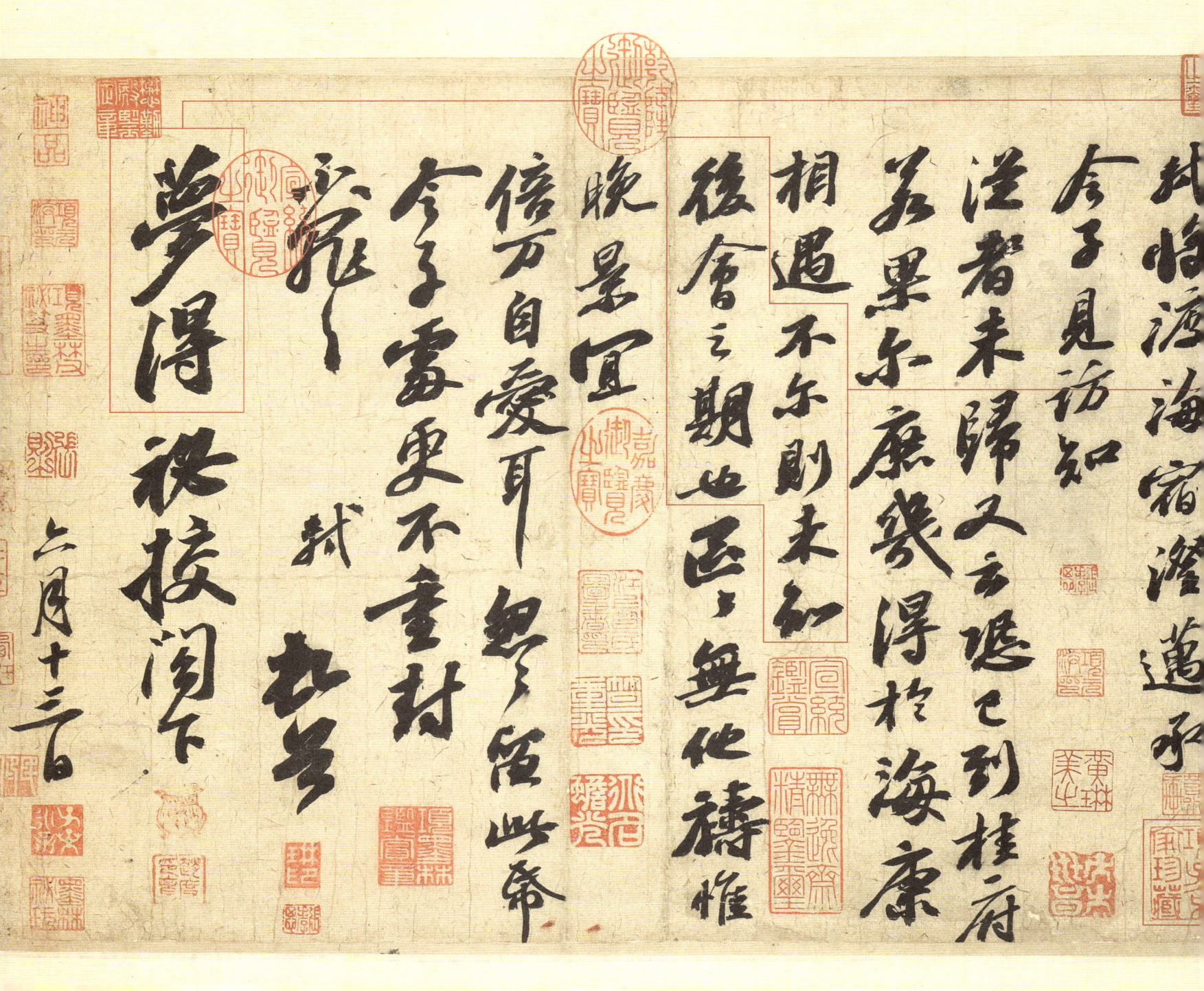

軾將渡海宿澄邁承
令子見訪知
邁者來歸又言邂逅
見於海康
相遇不尤劇未知
後會之期也公正無他禱惟
晚景宜
倍萬自愛耳䆮病
今且畏更不重封
軾頓首

夢得秘校閣下
六月十三日

轼启。江上邂逅，俯仰八年，怀仰世契，感怅不已。厚书，且审，起居佳胜，令弟、爱子，各想康福。余非面莫既。人回，忽忽不宣。轼再拜。知县朝奉阁下。四月廿八日。

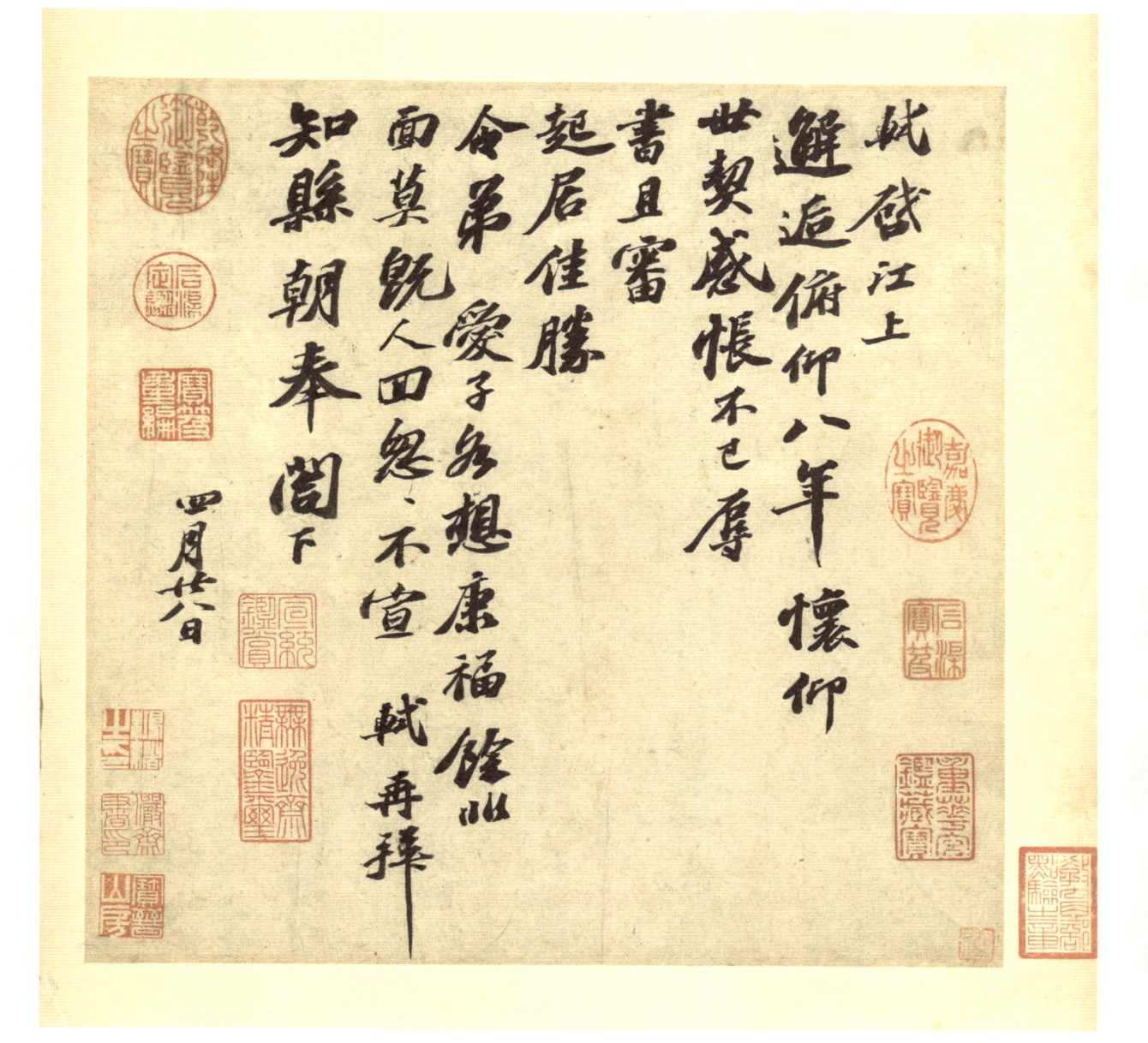

江上帖（邂逅帖）
纸本行书　纵 30.3 厘米，横 30.5 厘米　台北故宫博物院藏

赵梦得，曾对流落海南的苏东坡关照颇多。

体现出对友人深深的思念。

「沉着痛快，乃似李北海。
　　　　　　　——黄庭坚」

「笔势欹倾，而神气横溢。
　　　　——吴正仲」

项元汴收藏千字文第八〇一"具"字编号。

渡海帖（致梦得秘校尺牍）
纸本行书　纵 28.6 厘米，横 40.2 厘米　台北故宫博物院藏

棋局消长夏

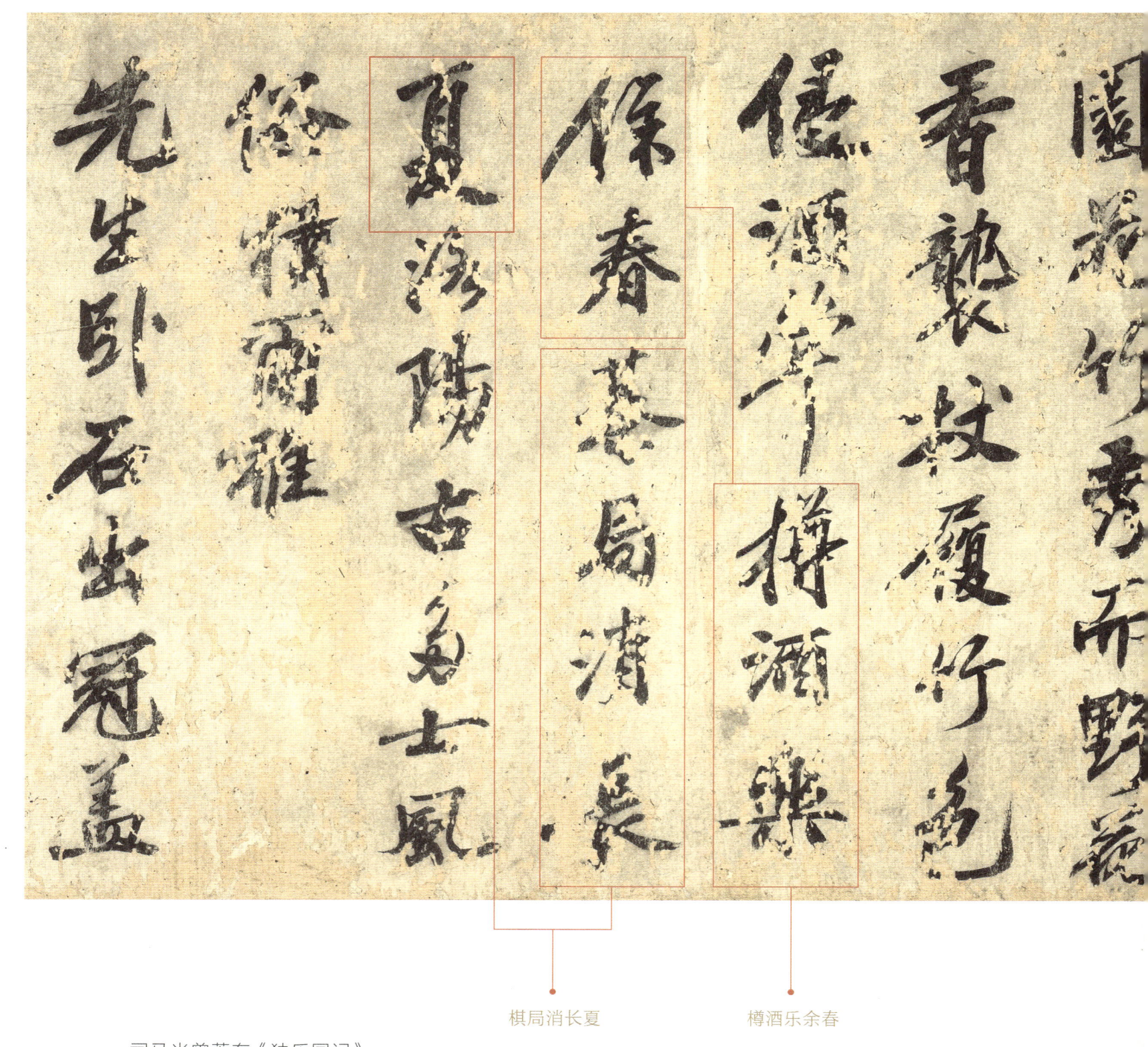

樽酒乐余春

司马光曾著有《独乐园记》，苏东坡该作品是见了司马光的《独乐园记》后有感而发所作。

文人悠闲生活跃然笔间

"赵郡苏氏"，苏东坡的自称，源自对祖籍的追溯。

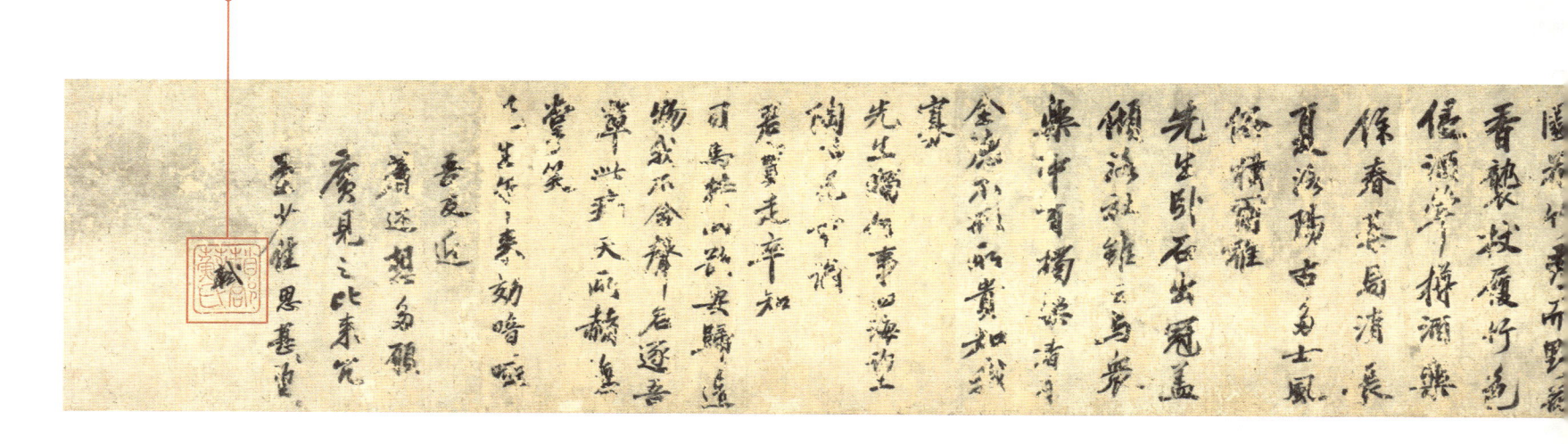

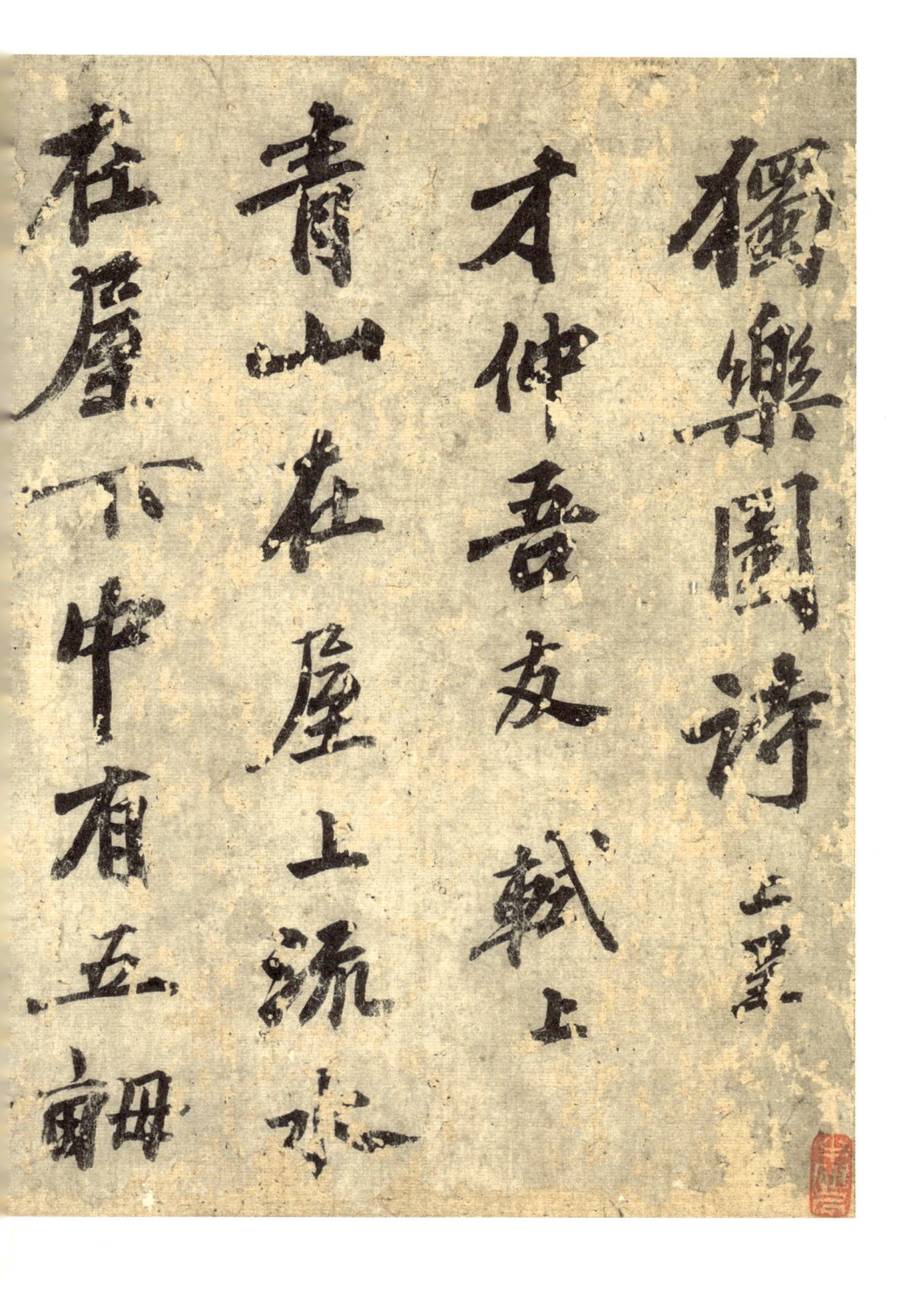

尊丈不及作书。近以中妇丧亡，公私纷冗，殊无聊也。且为达此恳。轼又白。

「笔势苍劲，结字肥扁，笔丰墨润。」

处在被贬与做官之间，百无聊赖，写在妻子去世后不久。

印文：御题翰墨林

尊丈帖
纸本行书
纵 26.3 厘米，横 19 厘米
台北故宫博物院藏

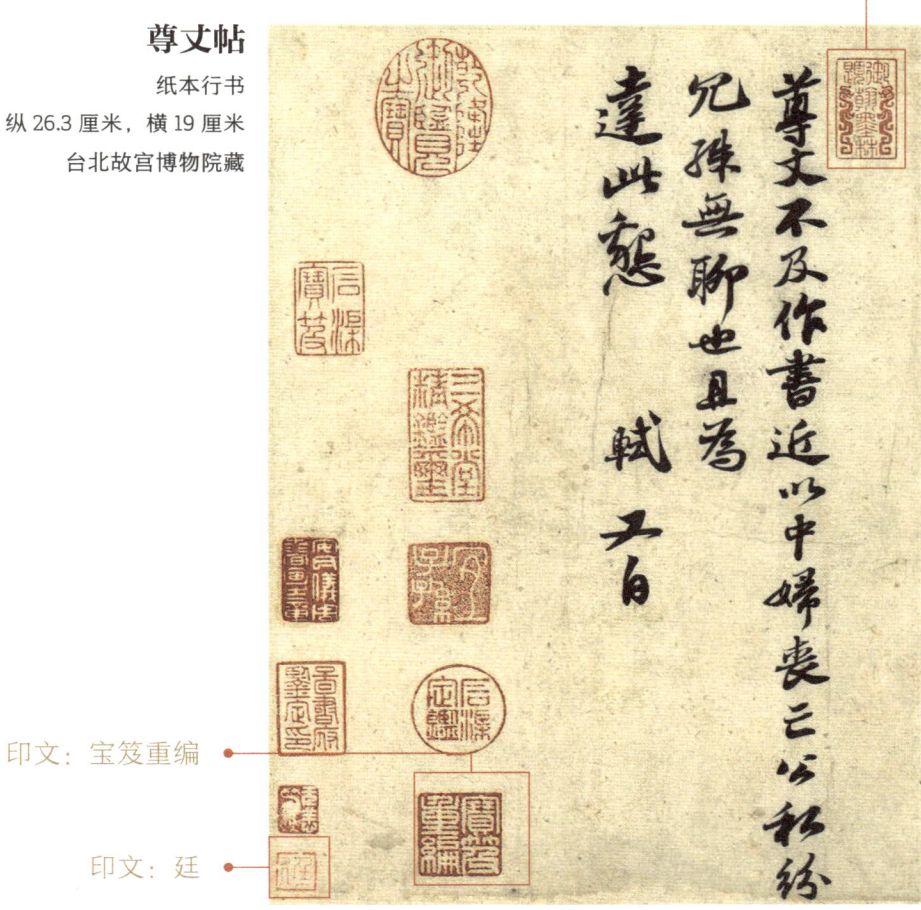

印文：宝笈重编

印文：廷

独乐园诗
纸本行书
纵 28.7 厘米，横 153.6 厘米
台北故宫博物院藏

难与俗人言也因论文偶及之耳欧阳文忠公言文章如精金美玉市有定价非人所能以口舌贵贱也纷纷为言岂能有益於所须惠力法雨堂字轼本不善作大字强作终不佳又册中局迫左右愧悚不已难写未能如教然则方过瞻江当往游焉我僧有所欲记録当为作数句留院中慰

答谢民师论文帖卷（娄坚补录）
纸本行书 纵27厘米，横69.5厘米（书芯） 上海博物馆藏

> 准确精当的文学见解，
> 文学与艺术并举。

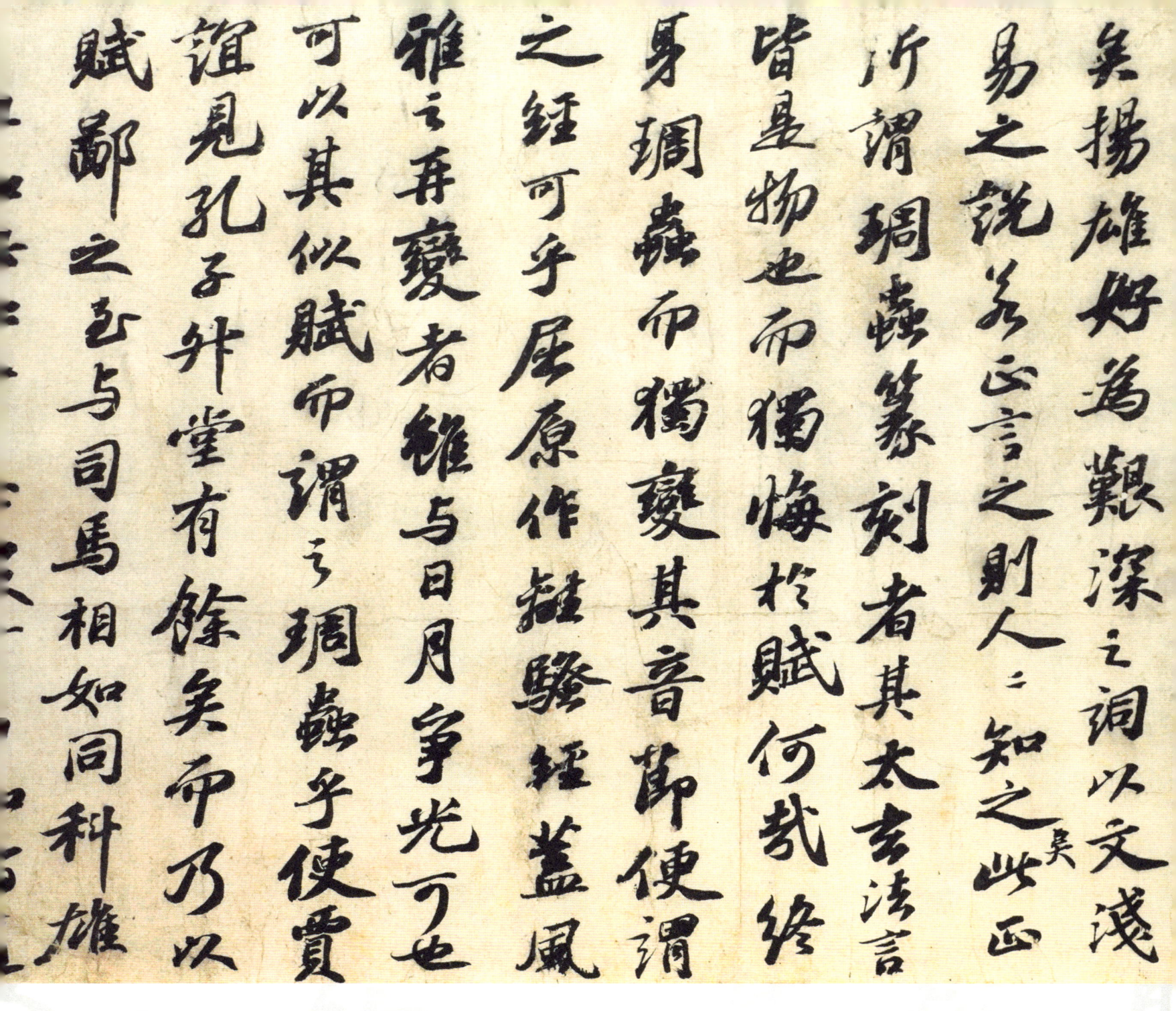

此帖卷首已残，晚明以降，藏家王衡请娄坚仿苏轼书体补写阙文。

民师，即谢民师，曾任广东推官。

轼启。是文之意疑若不然。求物之妙，如系风捕景，能使是物了然于心者，盖千万人而不一遇也。而况能使了然于口与手者乎？是之谓词达。词至于能达，则文不可胜用矣。扬雄好为艰深之词，以文浅易之说，若正言之，则人人知之矣。此正所谓雕虫篆刻者，其《太玄》《法言》皆是物也。而独悔于赋，何哉？终身雕虫，而独变其音节，便谓之经，可乎？屈原作《离骚经》，盖风雅之再变者，虽与日月争光可也！可以其似赋而谓之雕虫乎？使贾谊见孔子，升堂有余矣，而乃以赋鄙之，至与司马相如同科！雄之陋，如此比者甚众。可与知者道，难与俗人言也。因论文偶及之耳。欧阳文忠公言文章如精金美玉，市有定价，非人所能以口舌贵贱也。纷纷多言，岂能有益于左右。愧悚不已。所须惠力法雨堂字，轼本不善作大字，强作终不佳。又舟中局迫难写，未能如教。然则方过临江，当往游焉。或僧有所欲记录，当为作数句留院中，慰左右念亲之意。今日已至峡山寺，少留即去。愈远。惟万万以时自爱。不宣。轼顿首再拜民师帐句推官阁下。十一月五日。

蒋廷晖行书题跋："笔墨之妙，莫过是卷。盖亦其一时光会所至，故能如是耳。即便坡公再生，不能复尔。"

倪瓚行书题跋："细阅卷中书，如珠走盘，如玉出璞，如月印水，如锥画沙。"

杨一清行楷题跋

徐有贞草书题跋

白廷楷书题跋："妙墨真名笔，神机夺化工，古来精绝音，孰可与公同。"

> 水光潋滟晴方好，山色空蒙雨亦奇。
> 欲把西湖比西子，淡妆浓抹总相宜。
> ——苏东坡

心领神会，意在笔先，故为人所不可及。

西湖诗卷

纸本行书　纵28.8厘米，横213.2厘米　台北故宫博物院藏

竹色经秋似水清，
小阑凉气午来生。
新诗题上三千首，
散作铿金戛玉声。
柽居杜堇

「咬定青山不放松，立根原在破岩中。」
——郑燮

东坡题竹图轴
绢本设色
纵 189.5 厘米，横 104 厘米
明　杜堇
故宫博物院藏

「诗思在风雪中驴子背上」

这幅画作描绘了苏东坡拜访朋友归途中遇雨的情景。苏轼从当地农民那里借了一顶宽边帽和一双木屐。

东坡骑驴图
纸本水墨
纵 57.2 厘米，横 26 厘米
日本室町时代僧侣画家
美国大都会艺术博物馆藏

苏轼留带图
纸本设色
纵 81.4 厘米，横 50 厘米
明　崔子忠
台北故宫博物院藏

四大：指地、水、火、风。佛教认为物质由这四大元素构成。

东坡朝云图

纸本设色　纵89.2厘米，横126.8厘米　清　朱耷　台北故宫博物院藏

不学杨枝别乐天，且同通德伴伶玄。
阿奴络秀不同老，天女维摩总解禅。
经卷药炉新活计，舞衫歌扇旧因缘。
丹成逐我三山去，不作巫阳云雨仙。
东坡居士读乐天诗。
寤歌草堂八大山人书。

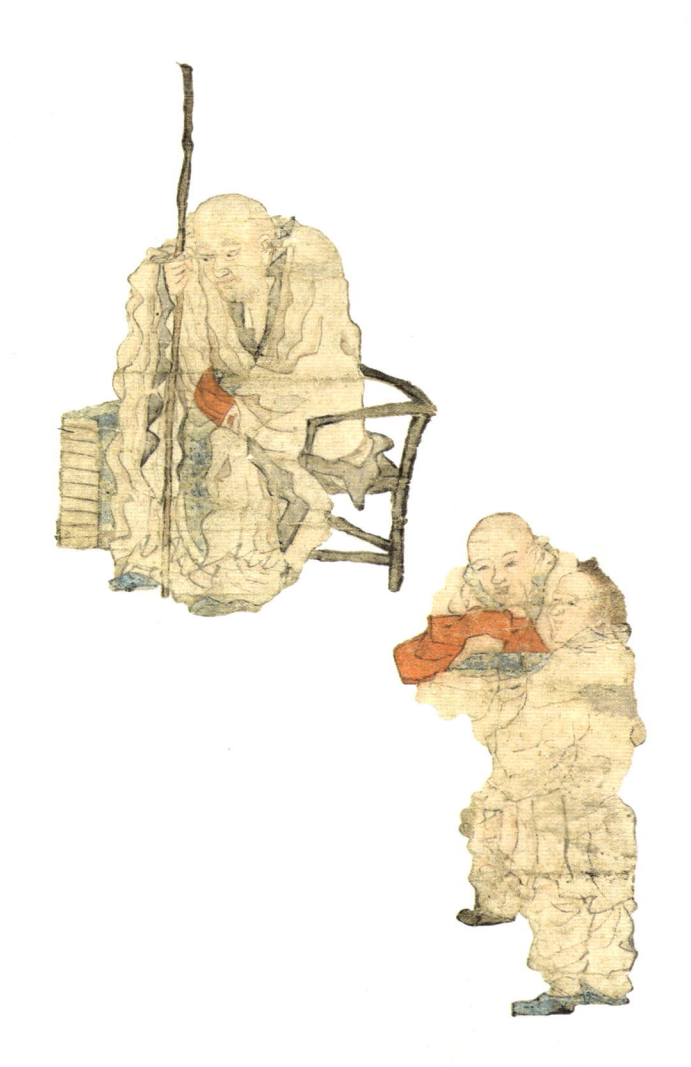

朱耷

1626—1705，江西人。号八大山人，又号雪个、人屋。能诗工书，擅山水、花鸟、竹石，与弘仁、髡残、石涛并称"四僧"。

醉翁亭记（碑拓局部）

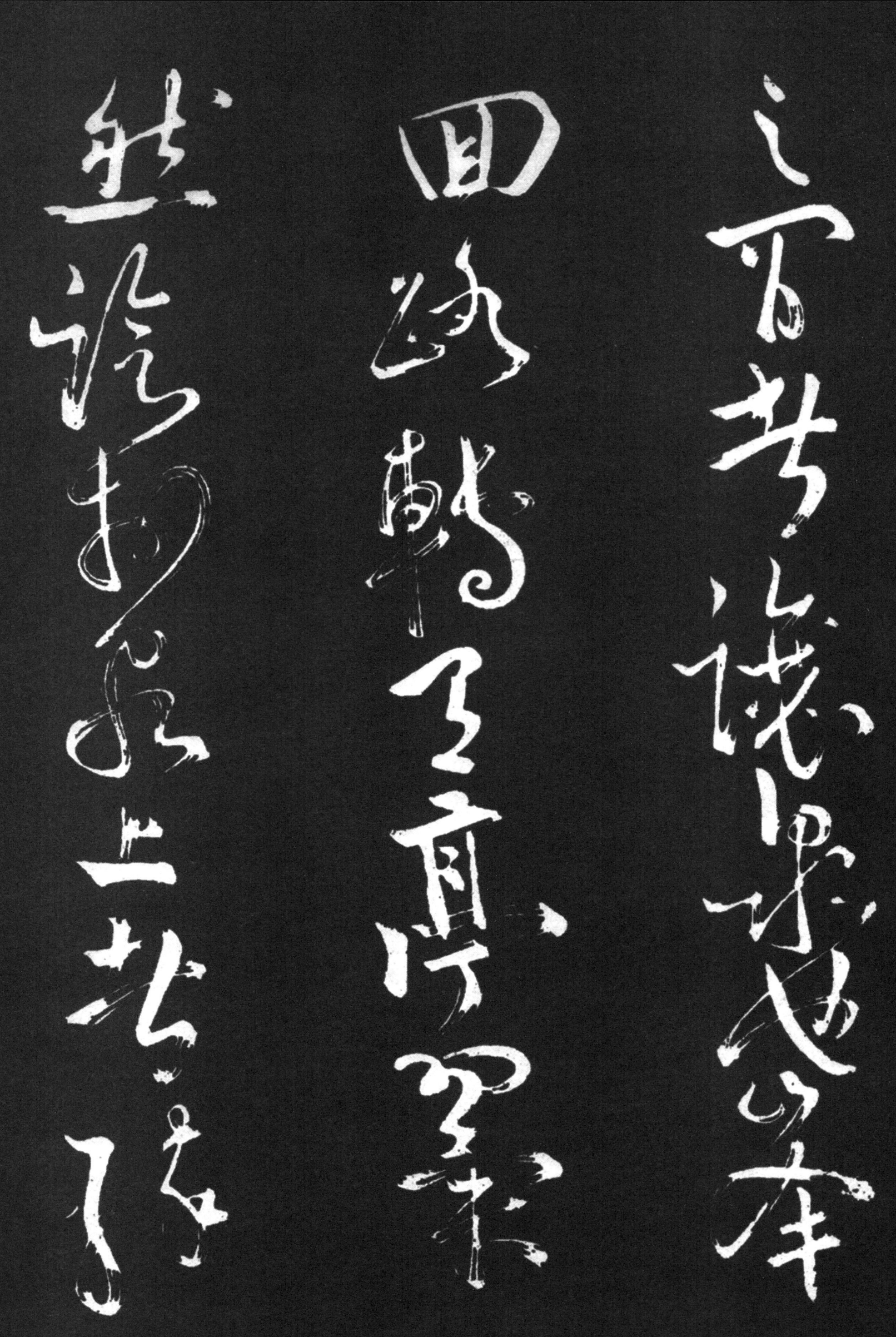

由欧阳修撰文、苏轼书写、文彭勒石，史称『三绝碑』。

山衔北里漸沁如爲
游西鴻少千五峰

醉翁亭记（碑拓局部）

由欧阳修撰文，苏轼书写，文彭勒石，史称『三绝碑』。

高堂明鏡悲白髮朝如青絲暮成雪

遗意捨所愛作佛事雖力有所止而志則無盡自頌憂患慶而不攀將二十年矣復廣前

飛為煙惟有堅固百億
千輪王阿育願力堅役
使空界鬼與仙分
置眾剎冥山川棺槨十

成竹在胸，物我合一

墨竹图
绢本水墨
纵 28.7 厘米，横 66.1 厘米
苏轼（传）
美国弗利尔美术馆藏

墨竹图
纸本水墨
纵 98.8 厘米，横 32.4 厘米
苏轼（传）
美国耶鲁大学美术馆藏

古木怪石图

纸本水墨
纵 28.7 厘米，横 66.1 厘米
苏轼（传）
台北故宫博物院藏

「把追求活泼的生命精神与人生境界体现在对潇湘竹石的描绘之上。」

苏东坡的画

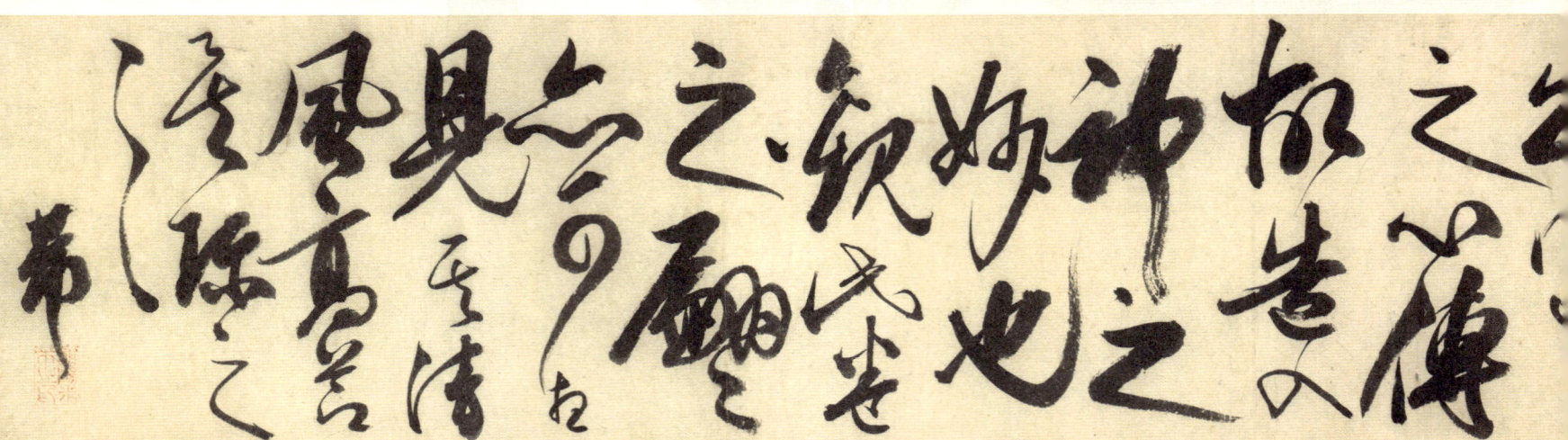

米芾的字

纵观全卷数段，用印、纸绢新老不一。
本图为多件作品合装一卷。卷前有引首"东波墨妙"。
卷后另有苏轼款节录宋玉《九辩》诗，米芾款题赞一段。

墨竹图（传为苏、米合卷）
纸本水墨　纵 26.4 厘米，横 150.9 厘米　美国弗利尔美术馆藏

此图分为三段，据学者考证，皆存在疑点：

第一段为"轼"款墨竹，笔法熟练，然构图安排不古，其上"宣和""绍兴"诸印恐为伪造，明项元汴印似亦不真。

第二段为苏轼节临《九辩》诗，乍看颇似苏书，然用笔燥涩，败笔不少。纸后有元人钱良佑"石岩"印，则此书或是元或元以前的一个仿本。

第三段米芾款书赞，纵横奇崛，但无宋人气象。

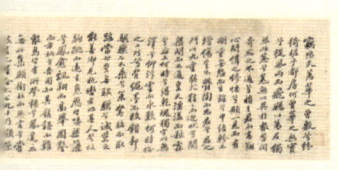

墨竹图

纵 54.3 厘米，横 33 厘米（画芯） 苏轼（传） 美国大都会艺术博物馆藏

印文：缶歌馆　　　　　本作与黄筌石榴图合装　　　　　印文：两京载笔

印文：静心堂书画印

墨竹图

纵 31.5 厘米，横 27 厘米
苏轼（传）
台北故宫博物院藏

本幅传为苏东坡作的《古柏图》，与张即之《双松图歌》合装一卷，以粗笔描绘遒劲的柏树。

古柏图

张即之行书双松图歌卷（加长卷）　绢本水墨　纵33.8厘米，横1196厘米　故宫博物院藏

> 故园多珍木，翠柏如蒲苇。
> 幽囚无与乐，百日看不已。
> ——苏东坡

千古

屋

遗爱

第二部分
书画中的苏东坡

诗画本一律，天工与清新：《赤壁赋》

王诜东坡赤壁

东坡赤壁图
绢本设色
纵 28.7 厘米，横 66.1 厘米
北宋　王诜（传）
美国弗利尔美术馆藏

「用图画的形式与苏东坡文章形成呼应，创建了"赤壁图式"。」

老瞒雄视欲吞吴，百万楼船一炬枯。
留得清风明月在，网鱼谋酒付髯苏。
——郑允端

王诜
1048 年—约 1104 年，字晋卿，太原（今山西太原）人，北宋画家。擅画山水，亦能书、善文。存世作品有《渔村小雪图》《烟江叠嶂图》《溪山秋霁图》等。

履巉岩，披蒙茸　　　　　　　　　　　　　　　　　　江流有声，水落石出

惊寤开门　　　　　　　　　　　　　　　　　　　梦见道士

「自出机杼，神情隽永，白描精品之作。」

携酒与鱼　　　　　　　　　　　　　　　　　　　　人影在地

登舟放流，有鹤东来　　　　　　　　　　　　　　　踞虎豹

「打破时间与空间的限制，将苏子与客泛舟赤壁娓娓道来。」

乔仲常
生卒年不详，北宋河中（今山西永济）人。工杂画，尤擅人物道释故事画，师法李公麟。

后赤壁赋图
纸本水墨
纵 29.5 厘米，横 560.4 厘米
北宋　乔仲常
美国纳尔逊-阿特金斯艺术博物馆藏

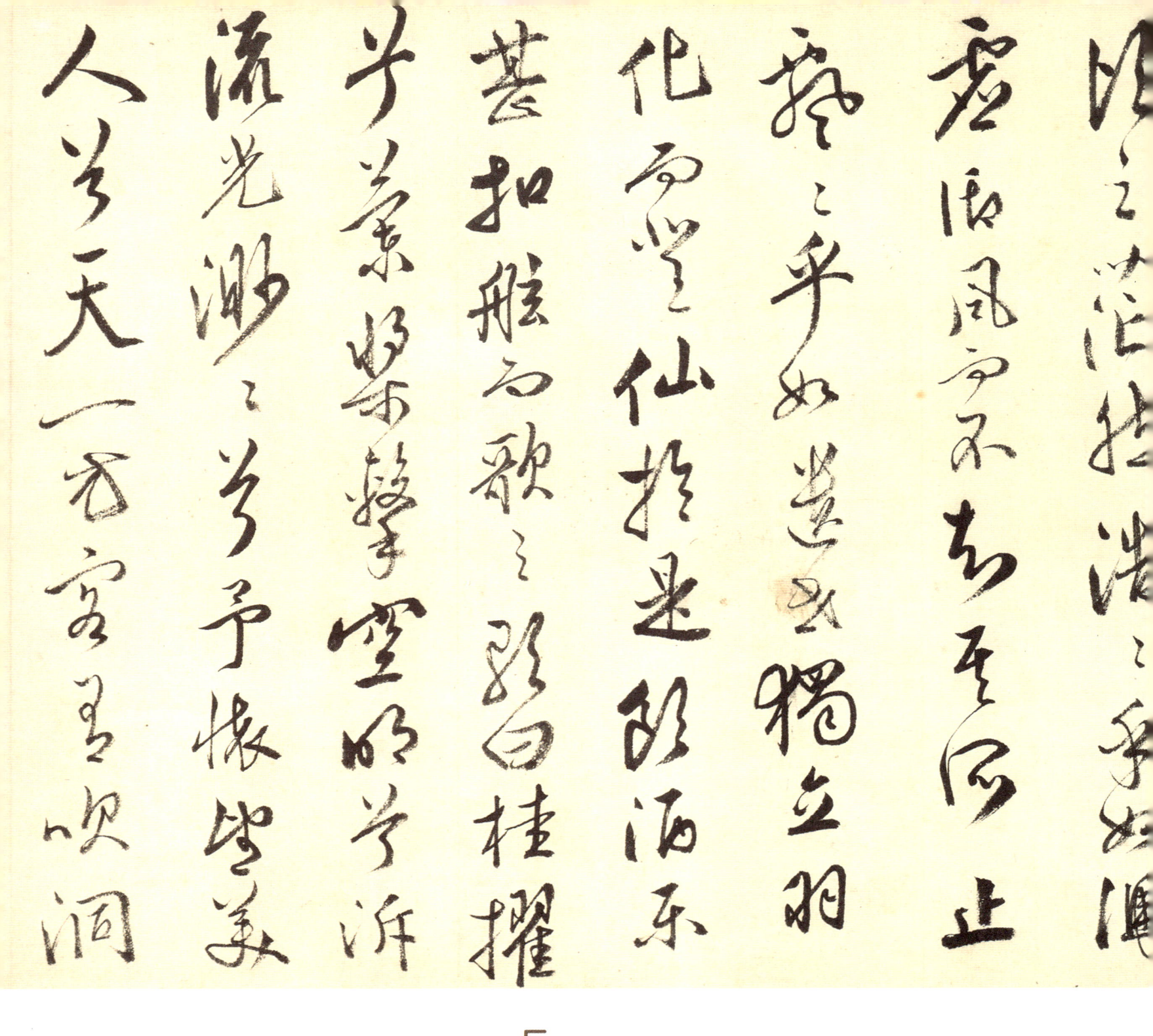

> 思想在与山水、与历史的对话中升华。

赤壁图全卷

绢本设色　纵 30.9 厘米，横 128.8 厘米　北宋　杨士贤　美国波士顿美术馆藏

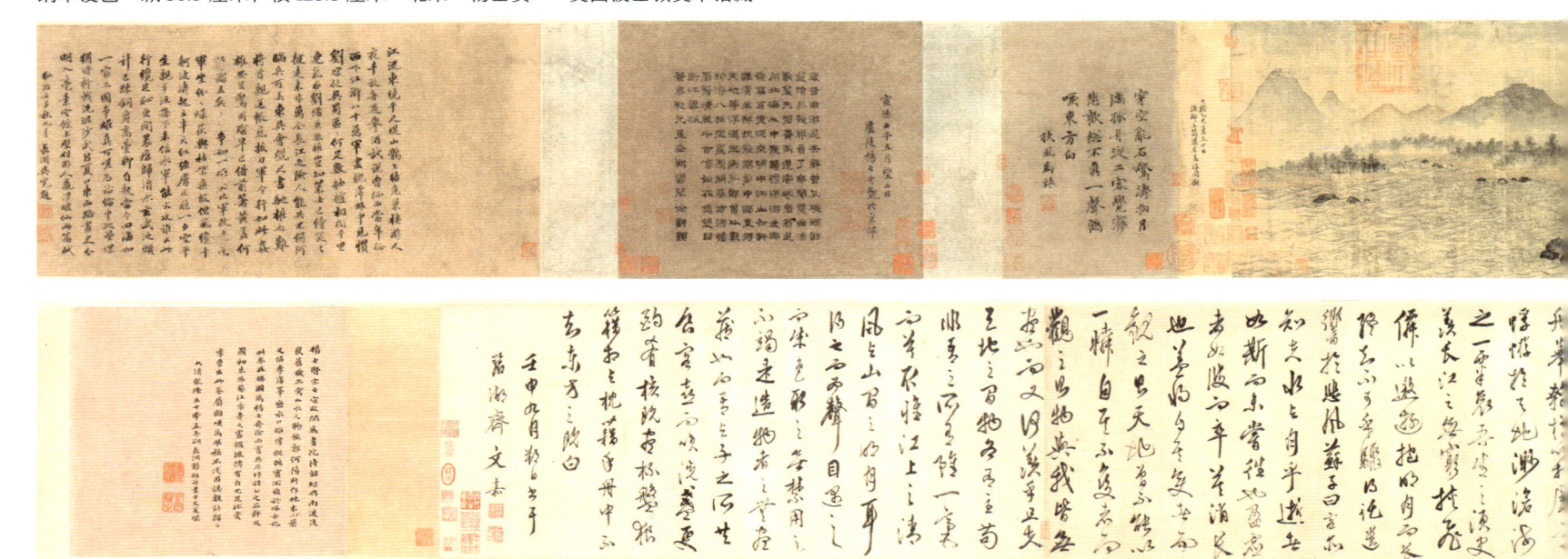

蘇子曰
赤壁之詩
水波不興
客誦明月之
窈窕之章少焉
山之上徘徊於
白露橫江水光接
天縱一葦之所如凌萬

江山風月
自樂

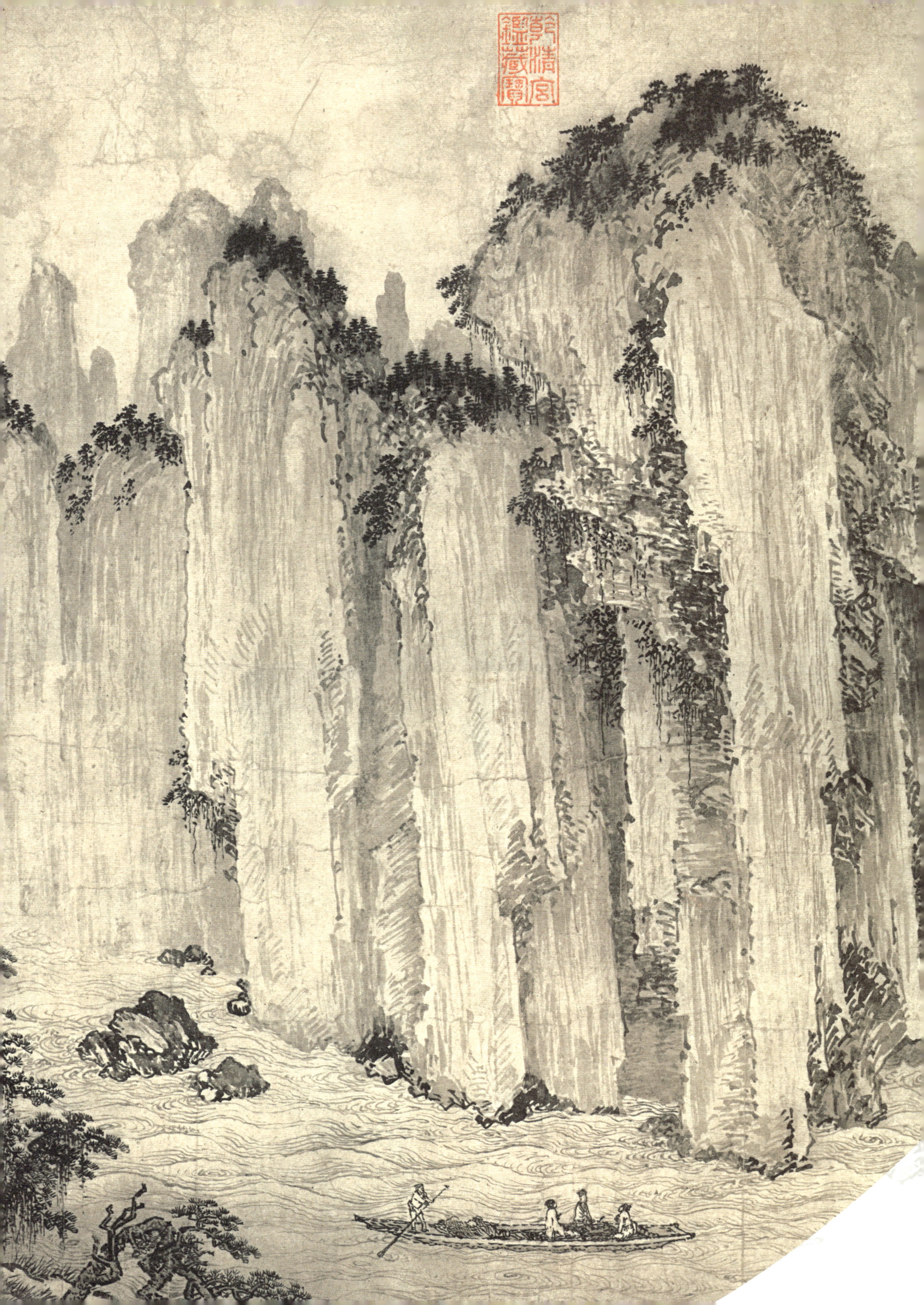
乾清宮鑑藏寶

> 纵一苇之所如,凌万顷之茫然。
> ——苏东坡

赤壁图
纸本水墨
纵 50.8 厘米,横 136.4 厘米
金　武元直
台北故宫博物院藏

「繁复灵动的线条,水波交叠翻腾。」

李嵩

1166年—1243年,钱塘(今浙江杭州)人,南宋画家,擅长人物、道释,尤精于界画,为光宗、宁宗、理宗时期画院待诏。

赤壁图

绢本设色

纵24.8厘米,横26厘米

南宋 李嵩(传)

美国纳尔逊-阿特金斯艺术博物馆藏

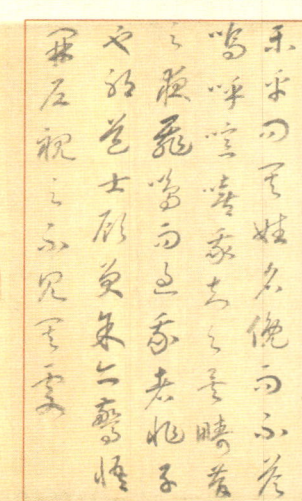

张若霭篆书《后赤壁赋》

人物衣纹为马和之特有的"蚂蟥描"。

登船而返,传递出超然出世的寓意。

「江河浩渺,水天相接,引人无限遐想。」

后赤壁赋图
绢本设色
纵 25.9 厘米,横 143 厘米
南宋 马和之
故宫博物院藏

赵构草书《后赤壁赋》

山间溪流

水中之月

赤壁胜游图页
绢本设色
纵 50 厘米，横 41 厘米
南宋　李唐（传）
藏地不详

赤壁勝遊

岩上藤蘿

李唐偽款

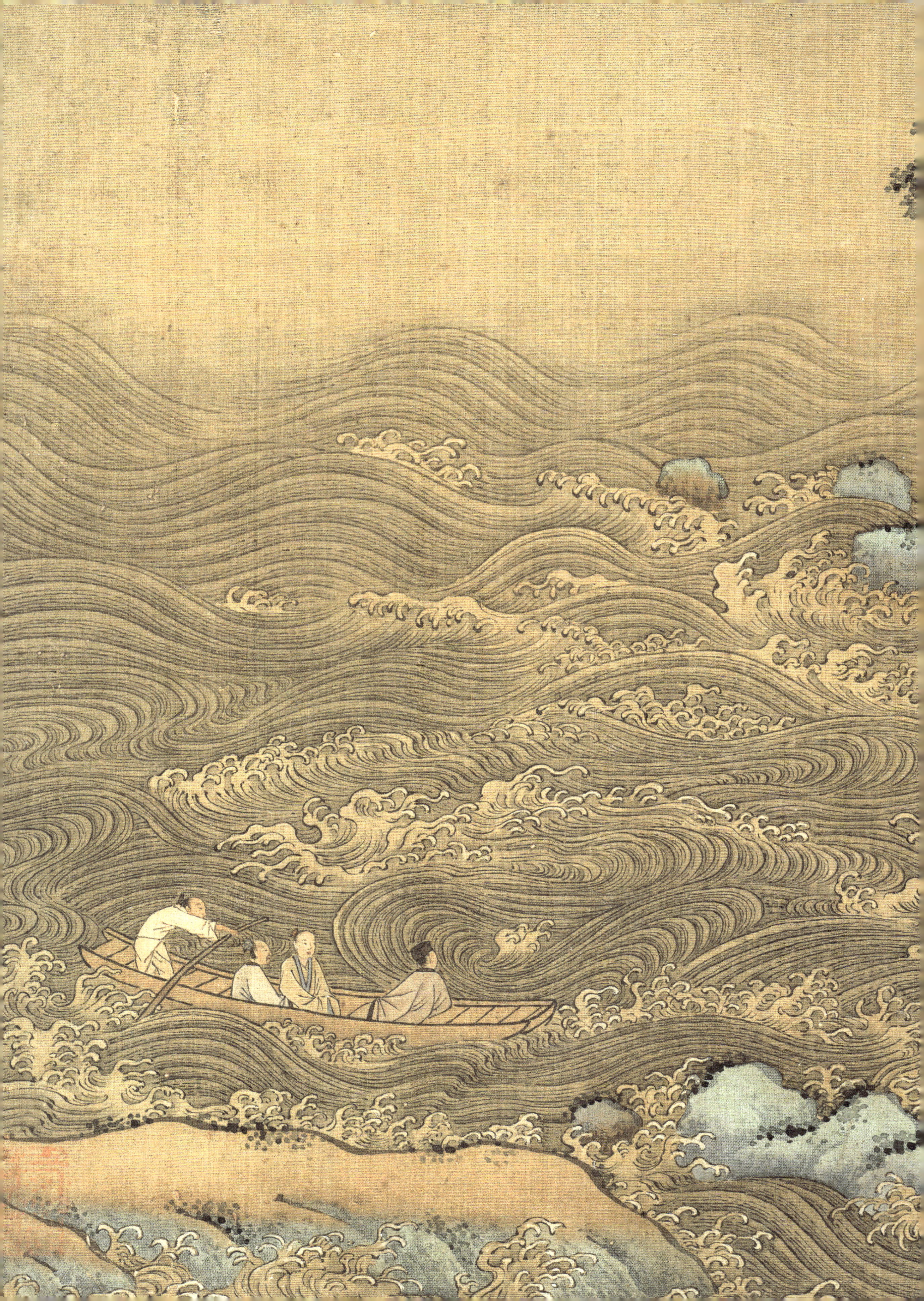

「泛舟江上，贤士悠坐，浪漫的场景。」

赤壁图册页
绢本设色
纵24厘米，横23.2厘米
南宋　佚名
台北故宫博物院藏

114

赤壁赋

壬戌之秋，七月既望，苏子与客泛舟游于赤壁之下。清风徐来，水波不兴。举酒属客，诵明月之诗，歌窈窕之章。少焉，月出于东山之上，徘徊于斗牛之间。白露横江，水光接天。纵一苇之所如，凌万顷之茫然。浩浩乎如冯虚御风，而不知其所止；飘飘乎如遗世独立，羽化而登仙。于是饮酒乐甚，扣舷而歌之。歌曰："桂棹兮兰桨，击空明兮溯流光。渺渺兮予怀，望美人兮天一方。"客有吹洞箫者，倚歌而和之。其声...

仇英
约 1498 年—1552 年，字实父，一作实甫，号十洲，太仓（今江苏太仓）人，后移居苏州。明代绘画大师，"吴门四家"之一。

「清风徐来，水波不兴。
闲雅适意缓缓行。」

赤壁图
绢本设色　纵 25.7 厘米，横 90.8 厘米（画芯）　明　仇英　辽宁省博物院藏

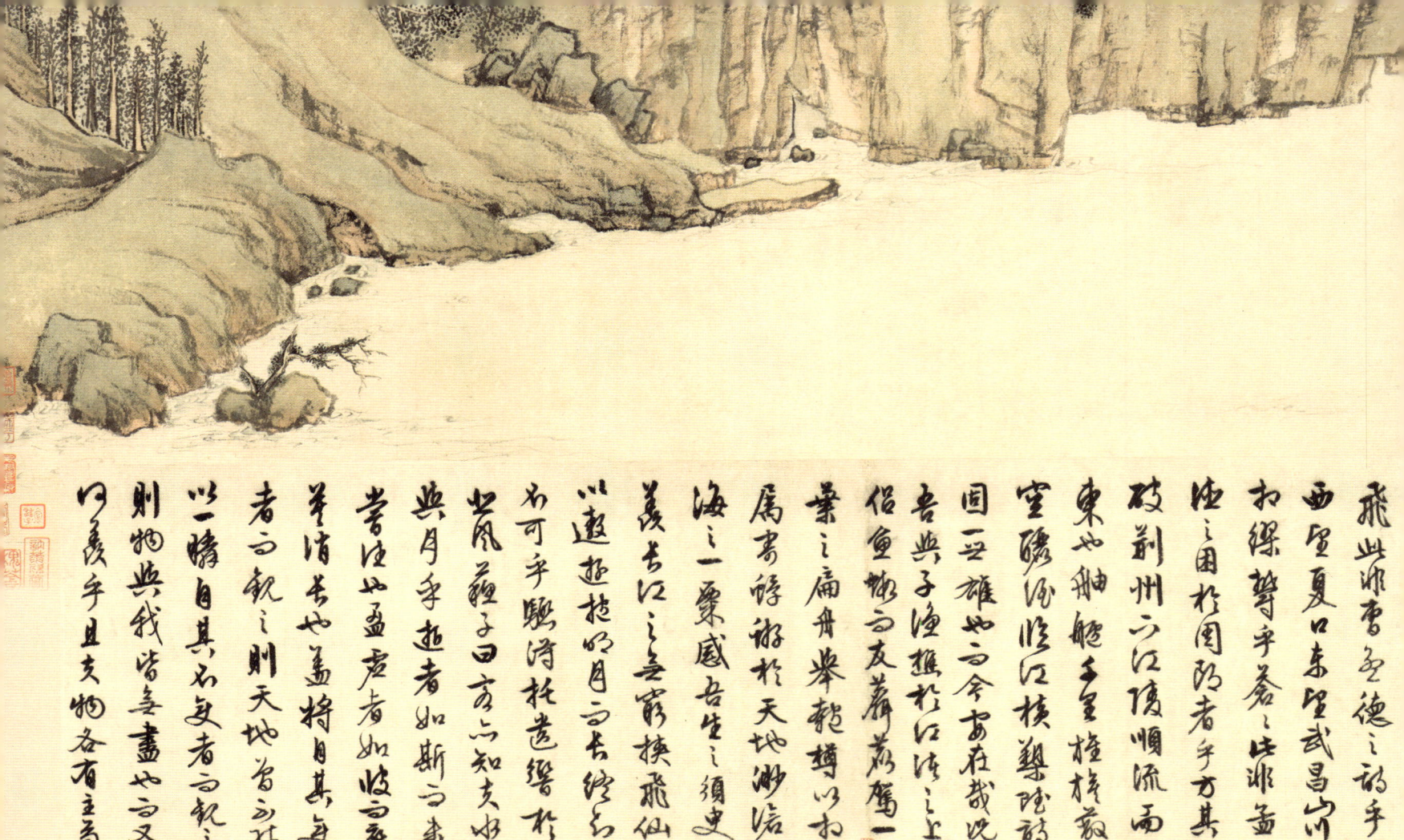

赤壁胜游图

纸本设色　纵30.5厘米，横141厘米　明　文徵明　美国弗利尔美术馆藏

赤壁赋

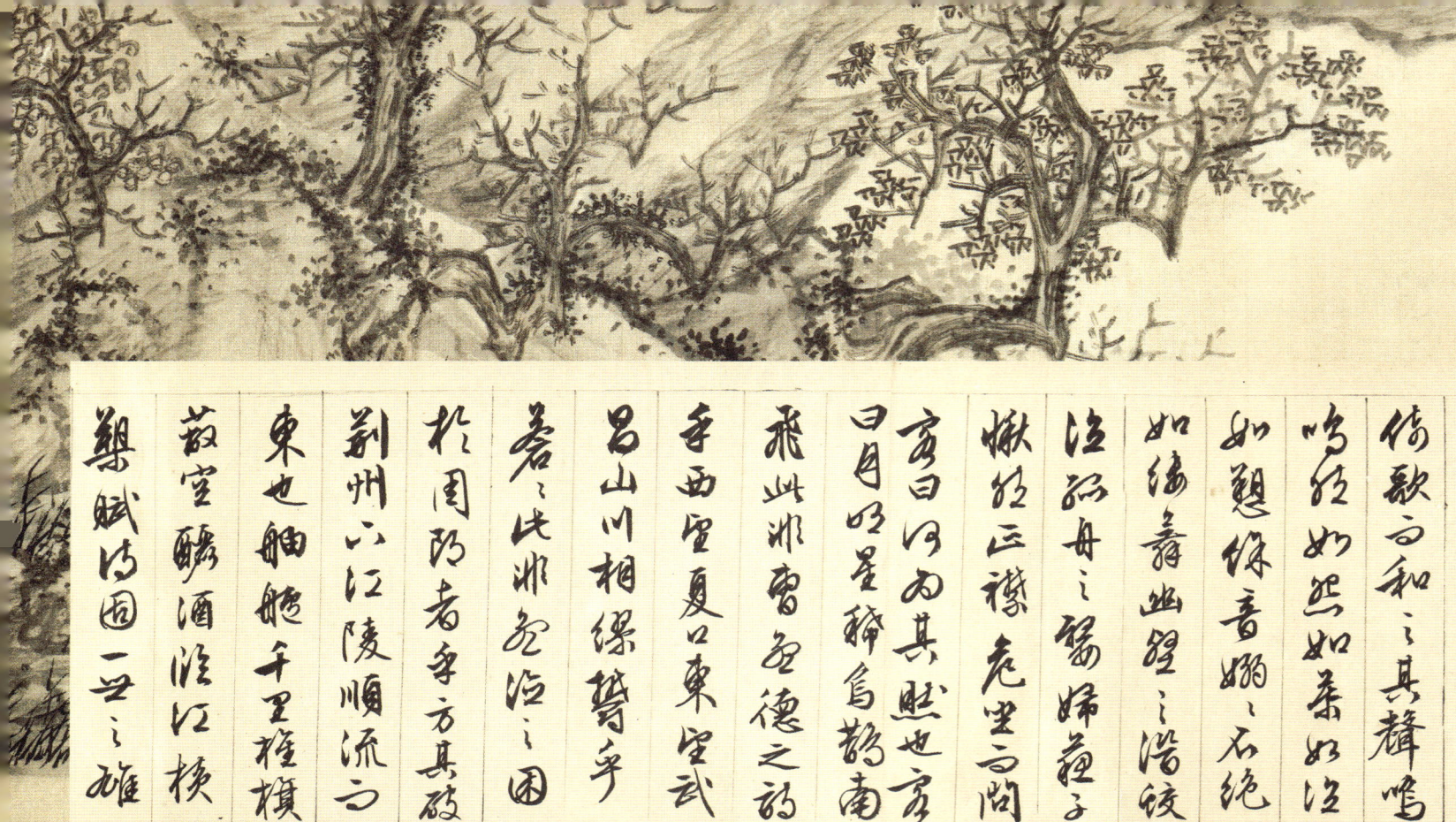

赤壁胜游图

纸本设色　纵23厘米，横75.5厘米　明　谢时臣　美国弗利尔美术馆藏

赤壁賦

壬戌之秋七月既望，蘇子與客汎舟遊於赤壁之下。清風徐來，水波不興。舉酒屬客，誦明月之詩，歌窈窕之章。少焉，月出於東山之上，徘徊於斗牛之間。白露橫江，水光接天。縱一葦之所如，凌萬頃之茫然。浩浩乎如馮虛御風，而不知其所止；飄飄乎如遺世獨立，羽化而登仙。

於是飲酒樂甚，扣舷而歌之。歌曰：桂棹兮蘭槳，擊空明兮泝流光。渺渺兮予懷，望美人兮天一方。客有吹洞簫者，倚歌而和之，其聲嗚嗚然，如怨如慕，如泣如訴，餘音嫋嫋，不絕如縷。舞幽壑之潛蛟，泣孤舟之嫠婦。

蘇子愀然，正襟危坐，而問客曰：何為其然也？客曰：月明星稀，烏鵲南飛，此非曹孟德之詩乎？西望夏口，東望武昌，山川相繆，鬱乎蒼蒼，此非孟德之困於周郎者乎？方其破荊州，下江陵，順流而東也，舳艫千里，旌旗蔽空，釃酒臨江，橫槊賦詩，固一世之雄也，而今安在哉？況吾與子漁樵於江渚之上，侶魚蝦而友麋鹿，駕一葉之扁舟，舉匏樽以相屬，寄蜉蝣於天地，渺滄海之一粟。哀吾生之須臾，羨長江之無窮。挾飛仙以遨遊，抱明月而長終。知不可乎驟得，託遺響於悲風。

蘇子曰：客亦知夫水與月乎？逝者如斯，而未嘗往也；盈虛者如彼，而卒莫消長也。蓋將自其變者而觀之，則天地曾不能以一瞬；自其不變者而觀之，則物與我皆無盡也，而又何羨乎？且夫天地之間…

赤壁勝遊

岐雲象治 題

携酒与鱼　　　　　　仰见明月，顾尔乐之　　　　　　登舟放流，有鹤东来　　　　　　梦见道士

仿赵伯骕后赤壁图卷
绢本设色　纵 31.5 厘米，横 541.6 厘米　明　文徵明　台北故宫博物院藏

文徵明
1470 年—1559 年，名壁，号衡山，自号衡山居士，人称"文待诏"，长洲（今江苏苏州）人。明代画家、书法家、文学家、诗人。

缂丝仇英后赤壁赋图卷

纵 30 厘米，横 498 厘米　清　故宫博物院藏

携酒与鱼 　　江流有声，断岸千尺 　　登舟放流，有鹤东来 　　梦见道士

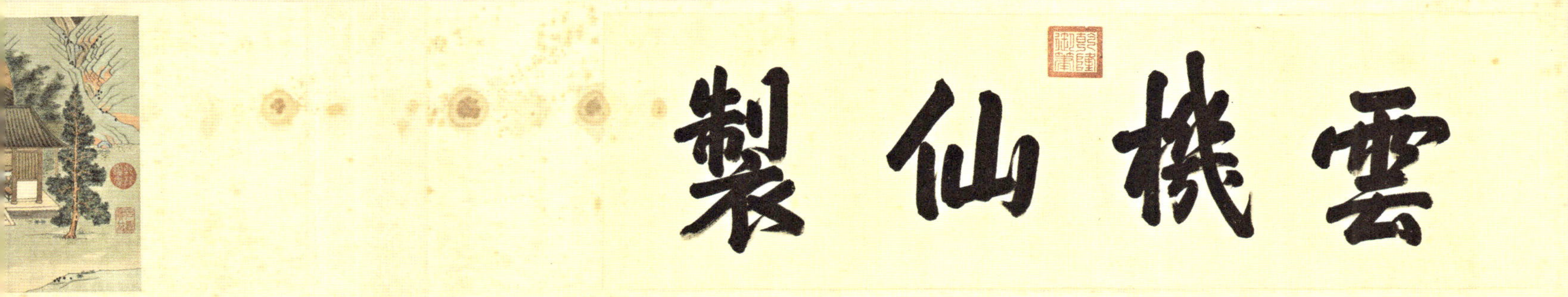

製機仙雲

> 婉转飘逸，得魏晋风骨。

书前后赤壁赋

纸本行书　纵27.2厘米，横11.1厘米（每册页）共21页（书芯）　元　赵孟頫　台北故宫博物院藏

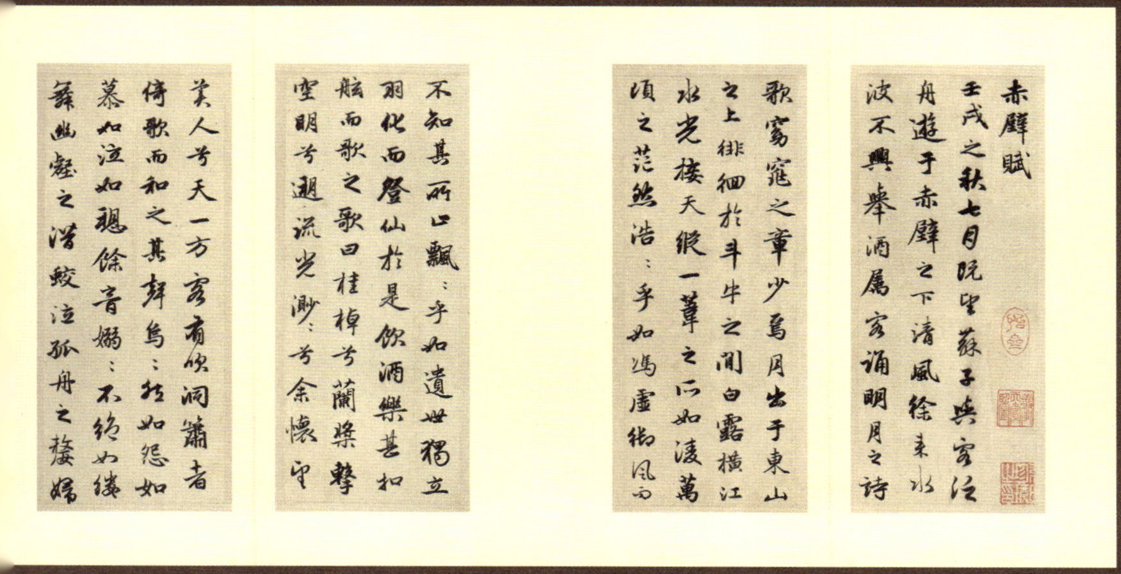

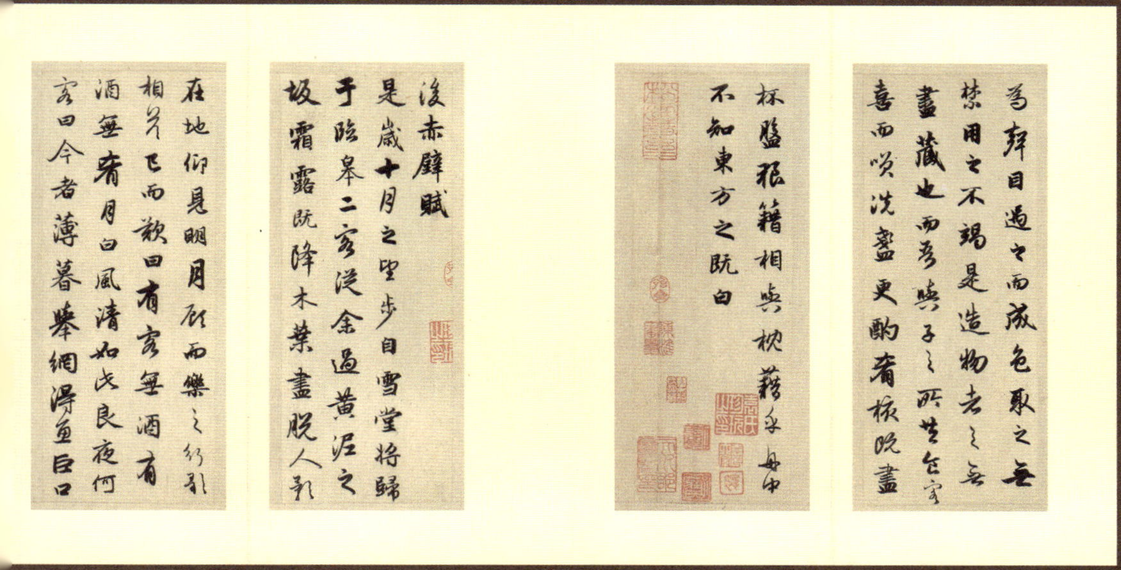

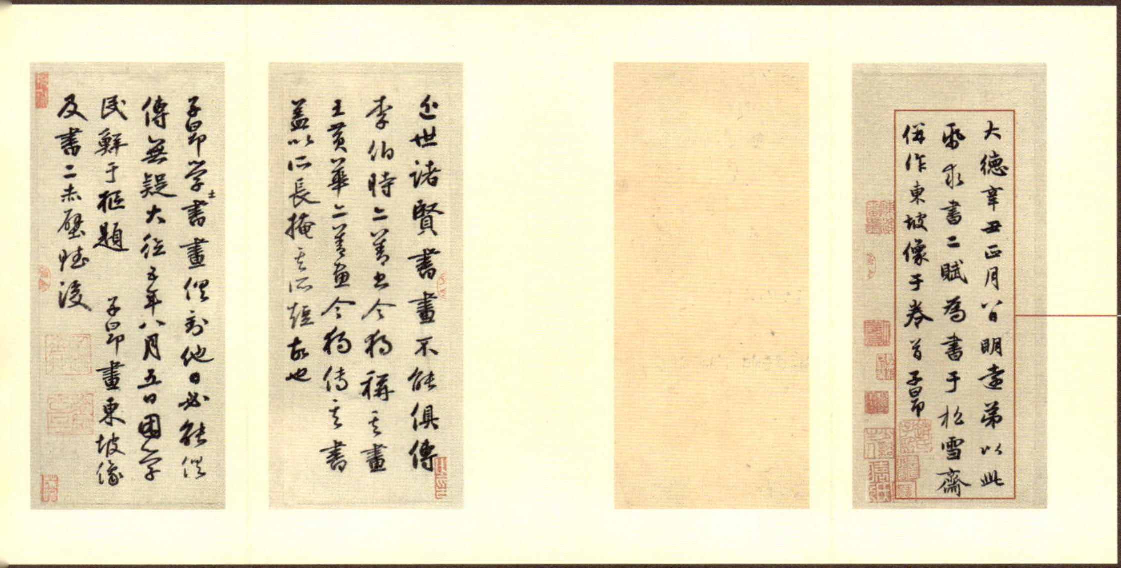

大德辛丑正月八日，明远弟以此纸求书二赋，为书于松雪斋，并作东坡像于卷首，子昂。

赵孟頫

1254年—1322年，字子昂，号松雪道人，吴兴（今浙江湖州）人。南宋晚期至元初期书法家、画家、文学家。在书法上，他精于正书、行书和小楷，其书被人称为"赵体"，与欧阳询、颜真卿、柳公权并称"楷书四大家"。为元代画坛的领袖人物，有"元人冠冕"之誉。

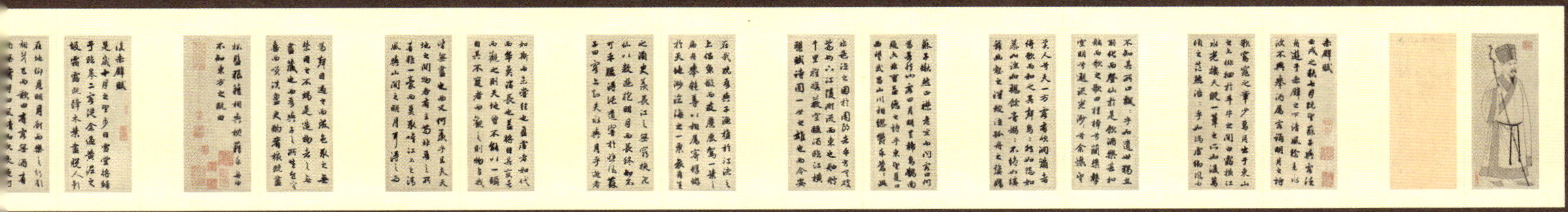

此卷文徵明小楷《前赤壁赋》，文嘉绘前赋，莫是龙绘后赋，文彭题隶书赤壁二字，书与画俱是精绝之品。

前后赤壁赋书画

纸本楷书　《前赤壁赋》纵24.9厘米，横18.8厘米　《后赤壁赋》纵24.9厘米，横18.7厘米　明　文徵明　南京博物院藏

前赤壁賦

壬戌之秋七月既望蘇子與客泛舟遊於赤壁之下清風徐來水波不興舉酒屬客誦明月之詩歌窈窕之章少焉月出於東山之上徘徊於斗牛之間白露橫江水光接天縱一葦之所如凌萬頃之茫然浩浩乎如馮虛御風而不知其所止飄飄乎如遺世獨立羽化而登仙於是飲酒樂甚扣舷而歌之其聲嗚嗚然如怨如慕如泣如訴餘音嫋嫋不絕如縷舞幽壑之潛蛟泣孤舟之嫠婦蘇子愀然正襟危坐而問客曰何為其然也客曰月明星稀烏鵲南飛此非曹孟德之詩乎西望夏口東望武昌山川相繆鬱乎蒼蒼此非孟德之困於周郎者乎方其破荊州下江陵順流而東也舳艫千里旌旗蔽空釃酒臨江橫槊賦詩固一世之雄也而今安在哉況吾與子漁樵於江渚之上侶魚蝦而友麋鹿駕一葉之扁舟舉匏樽以相屬寄蜉蝣於天地渺滄海之一粟哀吾生之須臾羨長江之無窮挾飛仙以遨遊抱明月而長終知不可乎驟得託遺響於悲風蘇子曰客亦知夫水與月乎逝者如斯而未嘗往也盈虛者如彼而卒莫消長也蓋將自其變者而觀之則天地曾不能以一瞬自其不變者而觀之則物與我皆無盡也而又何羨乎且夫天地之間物各有主苟非吾之所有雖一毫而莫取惟江上之清風與山間之

文徵明的小楷《后赤壁賦》創作於1551年（嘉靖三十年），當時他82歲，這是他晚年書法代表作之一。

书前后赤壁赋（册页）

纸本行书　纵20.8厘米，横25.5厘米（每页），共18页　明　文徵明　台北故宫博物院藏

赤壁賦

壬戌之秋七月既望蘇子與客泛舟遊於赤壁之下清風徐來水波不興舉酒屬客誦明月之詩歌窈窕之章少焉月出於東山之上徘徊於斗牛之間白露橫江水光接天縱一葦之所如凌萬頃之茫然浩浩乎如馮虛御風而不知其所止飄飄乎如遺世獨立羽化而登仙於是飲酒樂甚扣舷而歌之歌曰桂棹兮蘭槳擊空明兮泝流光渺渺兮余懷望美人兮天一方客有吹洞簫者倚歌而和之其聲嗚嗚然如怨如慕如泣如訴餘音裊裊不絕如縷舞幽壑之潛蛟泣孤舟之嫠婦蘇子愀然正襟危坐而問客曰何為其然也客曰月明星稀烏鵲南飛此非曹孟德之詩乎西望夏口東望武昌山川相繆鬱乎蒼蒼此非孟德之困於周郎者乎方其破荊州下江陵順流而東也舳艫千里旌旗蔽空釃酒臨江橫槊賦詩固一世之雄也而今安在哉況吾與子漁樵於江渚之上侶魚蝦而友麋鹿駕一葉之扁舟舉匏尊以相屬寄蜉蝣於天地渺滄海之一粟哀吾生之須臾羨長江之無窮挾飛仙以遨遊抱明月而長終知不可乎驟得託遺響於悲風蘇子曰客亦知夫水與月乎逝者如斯而未嘗往也盈虛者如彼而卒莫消長也蓋將自其變者而觀之則天地曾不能以一瞬自其不變者而觀之則物與我皆無盡也而又何羨乎且夫天地之間物各有主苟非吾之所有雖一毫而莫取惟江上之清風與山間之明月耳得之而為聲目遇之而成色取之無禁用之不竭

根據後賦落款，嘉靖戊午年為1558年，當時文徵明89歲。

> 圆处悉作方势，有折无转，于古法为一变。
> ——梁巘

书苏轼《前赤壁赋》

纸本行草　尺寸不详　明　张瑞图　私人收藏

张瑞图

1570年—1641年,字长公、无画,号二水、果亭山人、芥子、白毫庵主、白毫庵主道人、平等居士等;晋江二十七都下行乡(福建晋江)人。以擅书名世,明代四大书法家之一,与董其昌、邢侗、米万钟齐名,有"南张北董"之号。

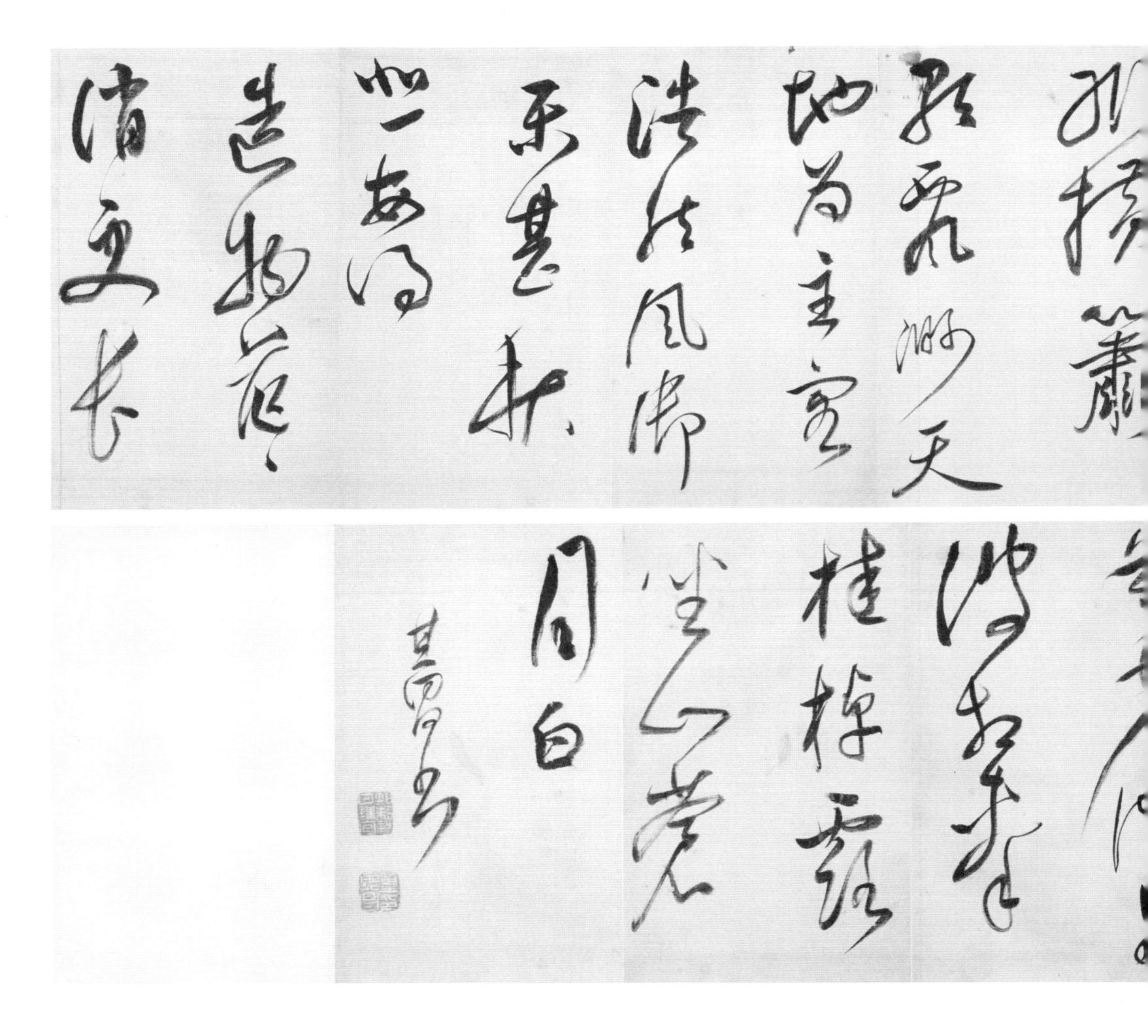

> 「简淡自然，富有灵性。」

櫽括：指对原文的改写或剪裁，改其文字而不改其意。

櫽括前赤壁赋
绫本草书　纵26.6厘米，横16厘米（每册页），共15页　明　董其昌　故宫博物院藏

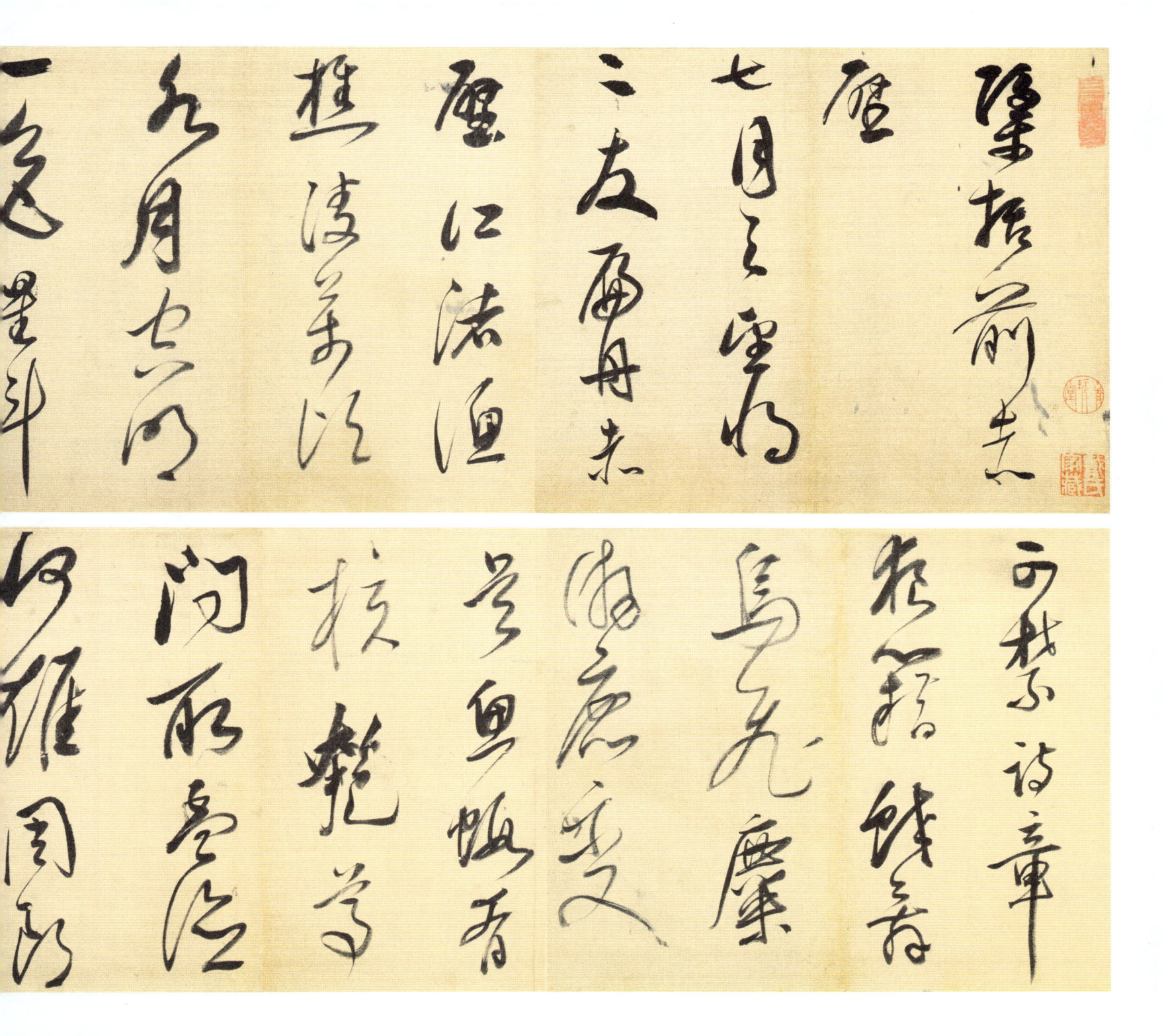

七月之望，将二友，扁舟赤壁。江渚渔樵，凌万顷，水月空明一色。星斗纵横，箫歌飘渺，天地为主客。浩然风御，乐甚秋悲安得？造物茫茫，消更长，可禁诗章狼藉。蛟舞乌飞，麋游鹿变，是鱼虾肴核。鲍尊问取，孟德何雄，周郎年少。风与波，相击桂棹，露坐山苍月白。其昌书。

董其昌

1555年—1636年，字玄宰，号思白、香光居士，松江华亭（今上海）人。明朝后期书画家。擅作山水画，倡"南北宗"论，为"华亭画派"杰出代表，兼有"颜骨赵姿"之美。

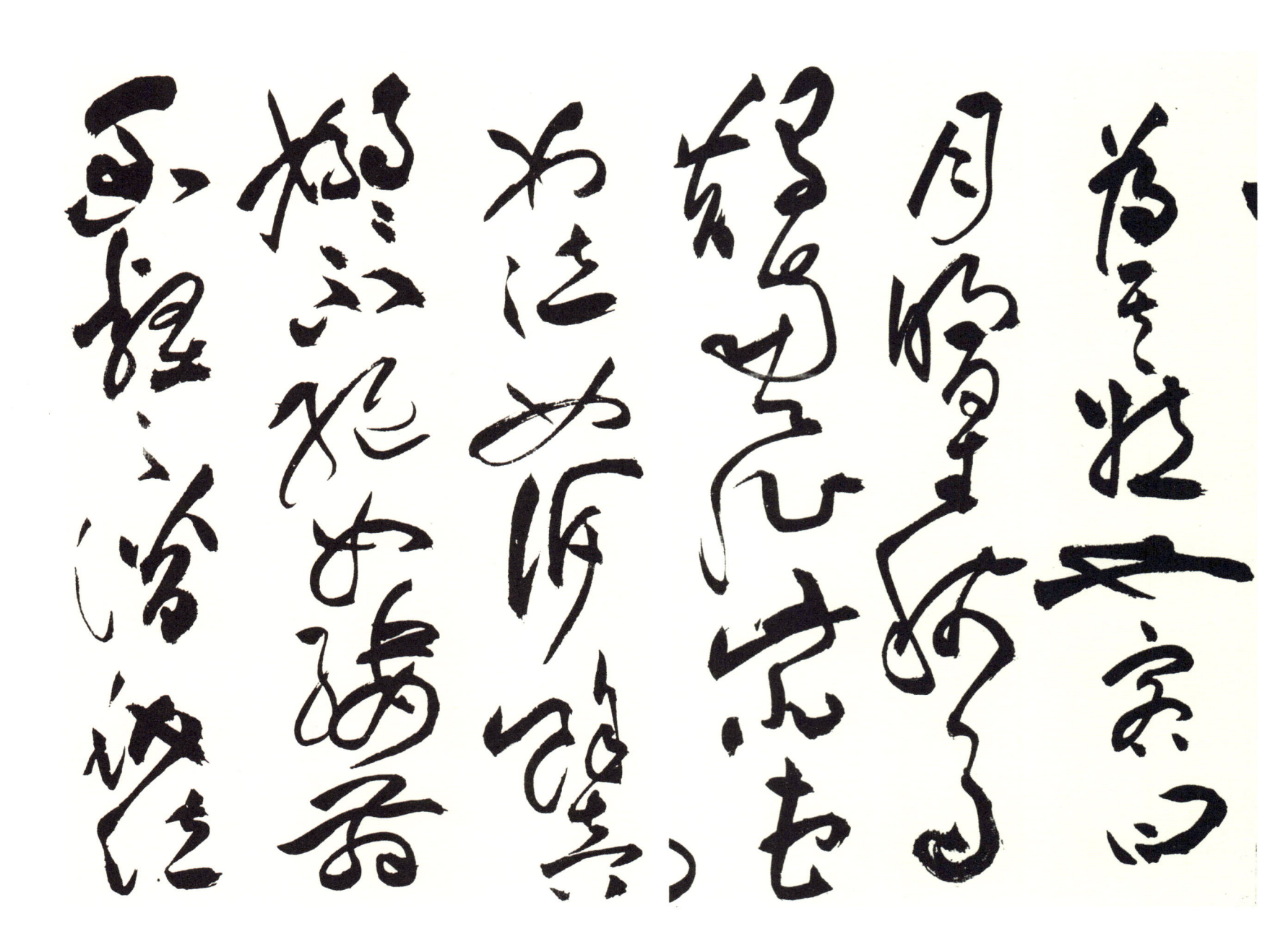

> 天下书法归吾吴，祝京兆允明为最。
> ——王世贞

草书赤壁赋

纸本狂草　纵 31.1 厘米，横 1001.7 厘米　明　祝允明　上海博物馆藏

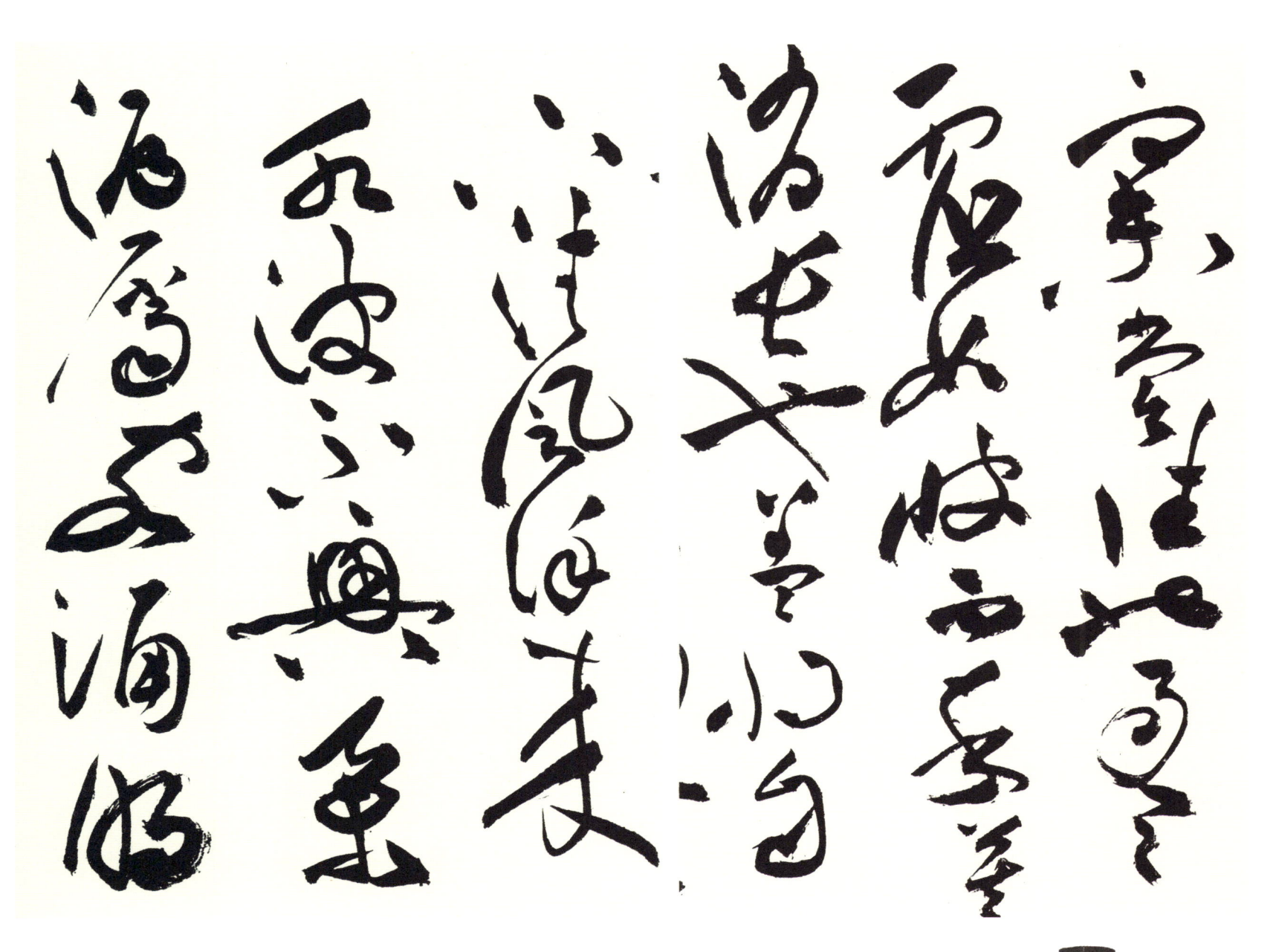

祝允明

1461年—1527年，字希哲，自号"枝山"，世人称"祝京兆"，长洲（今江苏苏州）人。祝允明擅诗文，尤工书法，名动海内。他与唐寅、文徵明、徐祯卿并称"吴中四才子"，与文徵明、王宠同为明中期书家之代表。

无数心花发桃李：西园雅集

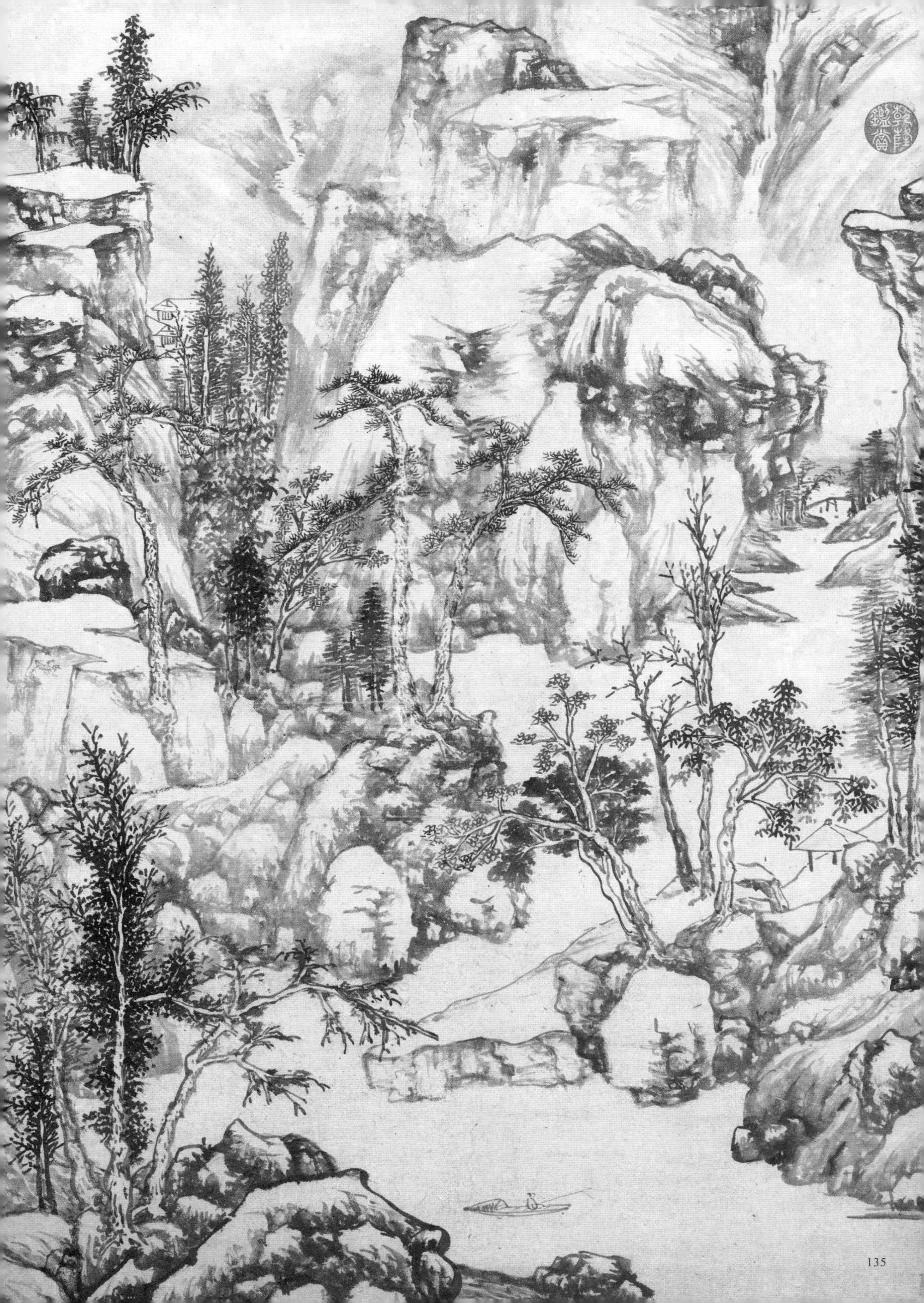

王诜、蔡肇和李之仪围观苏轼写书法

苏辙、黄庭坚、晁补之、张耒、郑靖老观李公麟画《陶潜归去来图》

王钦臣观米芾题石

西园雅集图

纸本水墨　纵 47.2 厘米，横 1104.3 厘米　北宋　李公麟（传）　台北故宫博物院藏

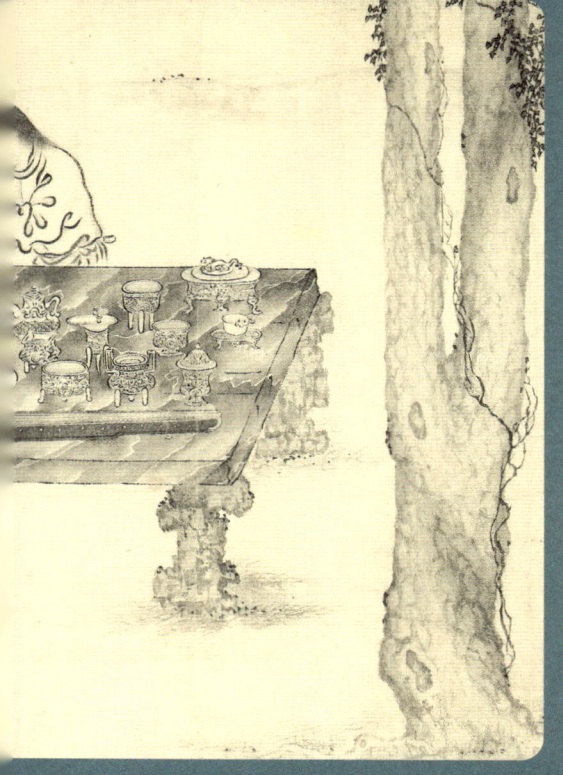

秦观听陈景元弹阮

刘泾与圆通大师谈无生论

翰苑奇才大聚会

李公麟
1049年—1106年，字伯时，号龙眠居士、龙眠山人，北宋时期舒州（今安徽桐城，一说安徽舒城）人，善画，道释、人物、鞍马、宫室、山水、花鸟等无所不能，且精于临摹。

秦观听陈景元弹阮

刘泾与圆通大师谈无生论　　　　　　苏辙、黄庭坚、晁补之、张耒、郑靖老观李公麟画《陶潜归去来图》

文人的心灵归宿

西园雅集图（原作已佚）
绢本设色　纵24.5厘米，横203厘米　南宋　刘松年（传）　台北故宫博物院藏

王诜、蔡肇和李之仪围观苏轼写书法

王钦臣观米芾题石

刘松年
约1131年—1218年，自号清波，有"刘清波"之称，又称"暗门刘"，其画作人称"小景山水"，钱塘（今浙江杭州）人。善画山水、人物，其艺术水平被誉为"院人中绝品"，与李唐、马远、夏圭并称"南宋四家"。

苏东坡在书童的陪同下过桥

弹琴、独行、远望的人

「用水墨淋漓的边角之景，展现文人雅事。」

西园雅集图（春游赋诗）
绢本浅设色　纵 29.5 厘米，横 302.3 厘米　南宋　马远　美国纳尔逊 - 阿特金斯艺术博物馆藏

一小童撑船离去，堤岸上的人们驱赶着牲畜缓缓而行。

众人观看米芾写书法

马远

1140年—1225年，字遥父，号钦山，祖籍河中（今山西永济），生长于临安（今浙江杭州），南宋绘画大师，以山水画最为突出。

西园雅集图（扇面）

纸本设色　纵 23.9 厘米，横 24 厘米　南宋　佚名　台北故宫博物院藏

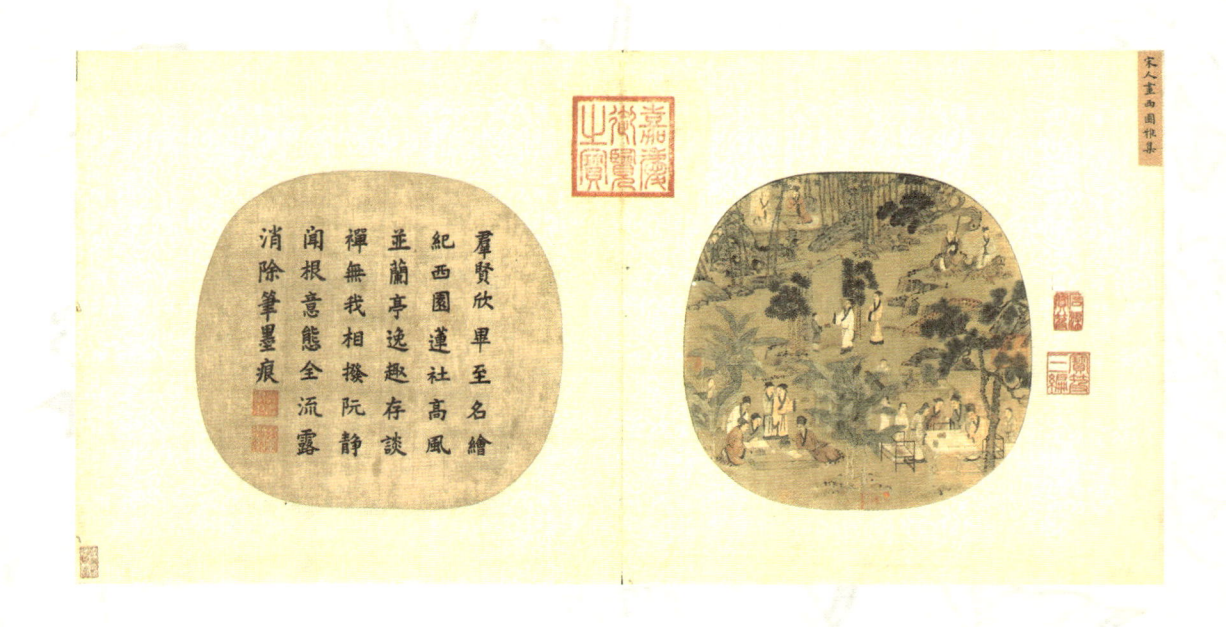

「宋代文人的邂逅」

西园雅集图
绢本设色
纵 131.5，横 67 厘米
元　赵孟頫（传）
台北故宫博物院藏

西园雅集图

绢本水墨
纵 79.4 厘米，横 38.9 厘米（画芯）
明　仇英（传）
台北故宫博物院藏

款识：仇英实父制。

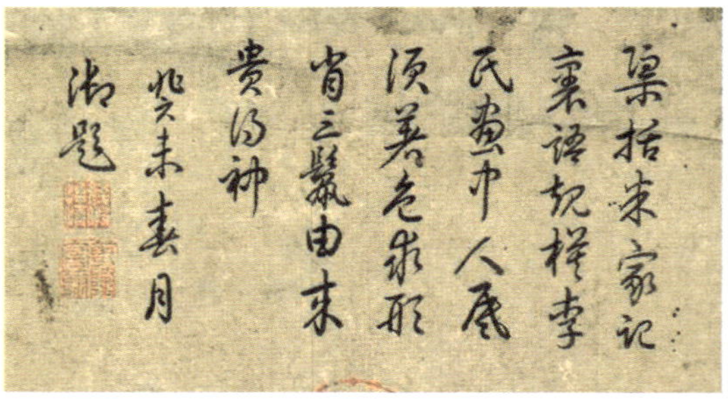

檃括米家记里语，规模李氏画中人。
底须著色求形肖，三鬣由来贵得神。
癸未春月御题。

西园雅集
隆庆辛未重阳日。尤求写

西园雅集图
纸本水墨
纵 106.7 厘米，横 31.8 厘米
明　尤求
台北故宫博物院藏

「写实的笔墨，
　淡雅的意境。」

西园雅集图（画芯）
绢本水墨
纵 79.4 厘米，横 38.9 厘米
明　仇英（传）
台北故宫博物院藏

西园雅集图

绢本设色
纵141厘米，横66.3厘米
明　仇英
台北故宫博物院藏

局部

刘泾与圆通大师谈无生论

苏辙、黄庭坚、晁补之、张耒、郑靖老观李公麟画《陶潜归去来图》

王钦臣观米芾题石

局部

西园雅集图
绢本设色
纵 127.9 厘米，横 54 厘米
明　仇英
英国大英博物馆藏

王钦臣观米芾题石

苏辙、黄庭坚、晁补之、张耒、郑靖老观李公麟画《陶潜归去来图》

西园雅集图

纸本设色

纵117.4厘米，横39.6厘米

明　程仲坚

台北故宫博物院藏

苏辙、黄庭坚、晁补之、张耒、郑靖老观李公麟画《陶潜归去来图》

刘泾与圆通大师谈无生论

西园雅集图卷

纸本设色　纵35.8厘米，横329.5厘米（画芯）　明　唐寅　台北故宫博物院藏

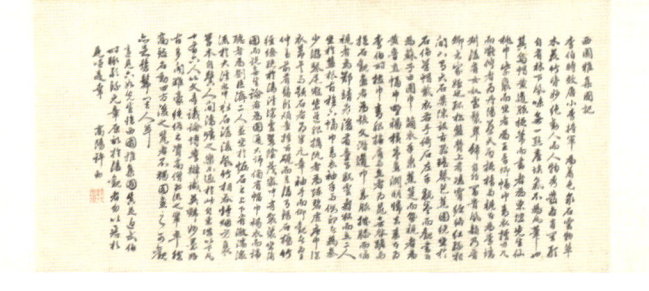

王诜、蔡肇和李之仪围观苏轼写书法

王钦臣观米芾题石　　　　　　　　　　　　　　　秦观听陈景元弹阮

唐寅
1470年—1524年，字伯虎，后改字子畏，号六如居士、桃花庵主、鲁国唐生、逃禅仙吏等，南直隶苏州府吴县（今江苏苏州）人。明代著名画家、书法家、诗人。

秦观听陈景元弹阮

苏辙、黄庭坚、晁补之、张耒、郑靖老观李公麟画《陶潜归去来图》

刘泾与圆通大师谈无生论

西园雅集图卷

纸本设色　纵36.5厘米，横328厘米　清　石涛　上海博物馆藏

王诜、蔡肇和李之仪围观苏轼写书法

王钦臣观米芾题石

石涛

1642年—1707年，原名朱若极，僧名原济，字石涛，号大涤子，明宗室后裔，广西全州（今广西桂林）人。擅画山水、花卉，为"清初四画僧"之一。

清湘上人西园雅集图

达 空

适意

第三部分 苏东坡的艺术精神

虽无常形而有常理

沙汀烟树图

绢本设色　纵 24.1 厘米，横 24.7 厘米
北宋　惠崇（传）　辽宁省博物馆藏

「竹外桃花三两枝，春江水暖鸭先知。」

乾隆题诗一首："小景由来称惠崇，沙汀烟树望无穷。不知何处吹渔笛，惊起水禽飞破空。"

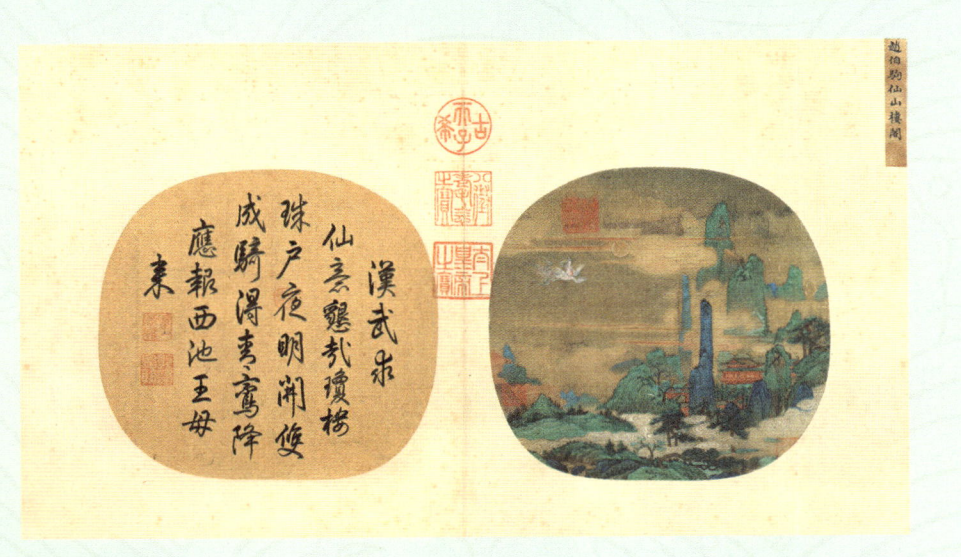

仙山楼阁图

绢本大青绿　纵25.3厘米，横26.8厘米（画芯）
宋　赵伯驹（传）　辽宁省博物馆藏

赵伯驹

生卒年不详，宋代画家，字千里，宋宗室。主要活动在12世纪中前期。工山水、花果、翎毛、楼台，青绿山水尤善。

宋代，仙山楼阁题材在求仙问道思想的基础上多了些许人文精神。

受苏东坡影响的「湖州竹派」

修篁树石图
绢本墨笔
纵 151.7 厘米，横 100.6 厘米
元　李衎
南京博物院藏

故有以淡墨挥扫，整整斜斜，
不专于形似而独得于象外者。
——《宣和画谱》

李衎
1245年—1320年，字仲宾，号息斋道人，晚年号醉车先生，元朝蓟丘（今北京市）人。元仁宗皇庆元年（1312年）任吏部尚书，拜集贤殿大学士、荣禄大夫。

「举杯邀月，对影成三客。
起舞徘徊风露下，今夕不知何夕？
——苏东坡」

双松平远图

纸本水墨　纵26.8厘米，横107.5厘米　元　赵孟頫　美国大都会艺术博物馆藏

子昂戲作
雙松平遠

僕自幼小學書之餘時時戲弄小筆然
於山水獨不能工蓋自唐以來如王右丞大小李
將軍鄭廣文諸公奇絕之跡不能一二見又五
代荊關董范輩出皆與上世筆意遼絕
僕所作者雖未敢與古人比較視近世畫手則
自謂少異耳因野雲求畫故於此書其末 子昂

长松兮亭亭，流泉兮泠泠。潄白石兮散晴雪，舞天风兮吟秋声，景幽佳兮足静赏，中有人兮眉常青。松兮泉兮何所拟，研池阴阴兮清彻底。挂高堂兮素壁间，夜半风云兮急飞起。至元四年夏至日奉为子渊戏作松泉，梅花道人书。

「中国山水画的『有我之境』。」

吴镇

1280年—1354年，字仲圭，性喜梅，自号梅花道人，也称梅沙弥或梅花和尚，浙江嘉善人，元代画家、书法家、诗人。

松泉图

纸本水墨
纵105.6厘米，横31.7厘米
元　吴镇
南京博物院藏

款识：魏郡边鲁制

以锦鸡比雄鸡，取"鸡鸣将旦，为人起居"之意，以竹子取"竹报平安"之意，寓意平安吉祥。

起居平安图
纸本水墨
纵118.5厘米，横49.6厘米
元　边鲁
天津博物馆藏

受苏东坡影响的"湖州竹派"

笔意遒劲,成竹在胸,得心应手。

淇澳清风图

纸本水墨　纵22.3厘米,横471厘米　明　夏昶　天津博物馆藏

夏昶一个竹，西凉十锭金。

淇澳清风

钤印：游戏翰墨，笔端生意

淇澳清风

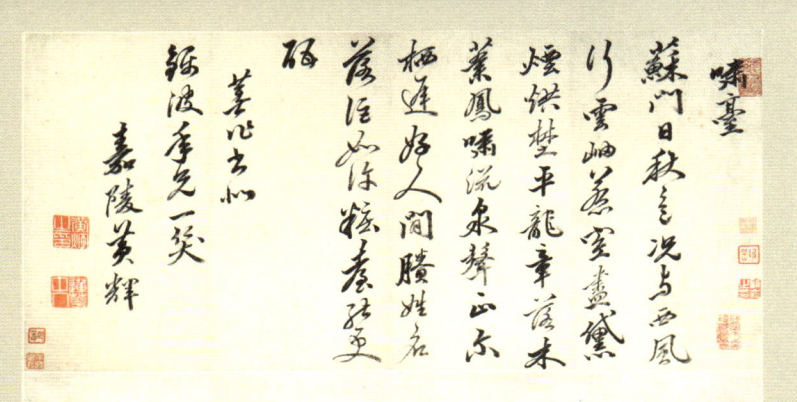

与苏东坡《记承天寺夜游》一文意境相合。

明河垂空秋耿耿，碧瓦飞霜夜堂冷。幽人无眠月窥户，一笑临轩酒初醒。庭空无人万籁沉，惟有碧树交清阴。褰衣径起踏流水，挂杖荦确惊栖禽。风檐石鼎燃湘竹，夜久香浮乳花熟。银杯和月泻金波，洗我胸中尘百斛。更阑斗转天苍然，满庭夜色霏寒烟。蓬莱何处亿万里，紫云飞堕阑干前。何人为笑李谪仙，明月万古人千年。人千年、月犹昔，赏心且对樽前客，但得常闲似此时，不愁明月无今夕。

十月十三夜，与客小醉，起步中庭，月色如画。时碧桐萧疏，流影在地，人境俱寂，顾视欣然。因命童子烹苦茗啜之。还坐风檐，不觉至丙夜。东坡云：何夕无月，何处无竹柏影。但无我辈闲适耳。嘉靖壬辰徵明识。

「风檐石鼎燃湘竹，
夜久香浮乳花熟。」

该图钤"文徵明印"白文方印、"徵仲"朱文方印，另钤有"停云人""玉馨山房""有余闻室宝藏""虚高鉴定"鉴赏收藏印多枚。

中庭步月图
纸本水墨
纵 149.5 厘米，横 50.5 厘米
明　文徵明
南京博物院藏

菖蒲作为石之良友，早在屈原的辞赋中就有记载。苏轼曾作《石菖蒲赞》一文，赞美菖蒲的坚韧与美丽。

允偁先生
朱延禧

> 清且泚，惟石与水，托于一器，养非其地，瘠而不死，夫孰知其理。

邢侗此图以拳石菖蒲相偕，赞誉朱延禧道德博厚、志趣高雅。

允偁先生赋此砚光织什八年许都未敢命不律今春辛未人日晴暖偶泛南雙啜明月岭觉有佳致随泼墨写此备徴书而应之画倖可谓巧于藏拙矣子舆学士极嗜倖拳石一婆者傥令见之乎倖岂依样饟之董玄宰每对人称丘画品有邢明及虞山大癡风恨孄甚不作事羌靚此幀中华华或不咲斋虜駼也邢侗骏字上行

用牛毛皴画拳石，似王蒙。

拳石菖蒲图并跋
绫本墨笔
纵139厘米，横52厘米
明　邢侗
南京博物院藏

苑西墨禅室画山水图

纸本水墨　纵 19.1 厘米，横 112.4 厘米　明　董其昌　南京博物院藏

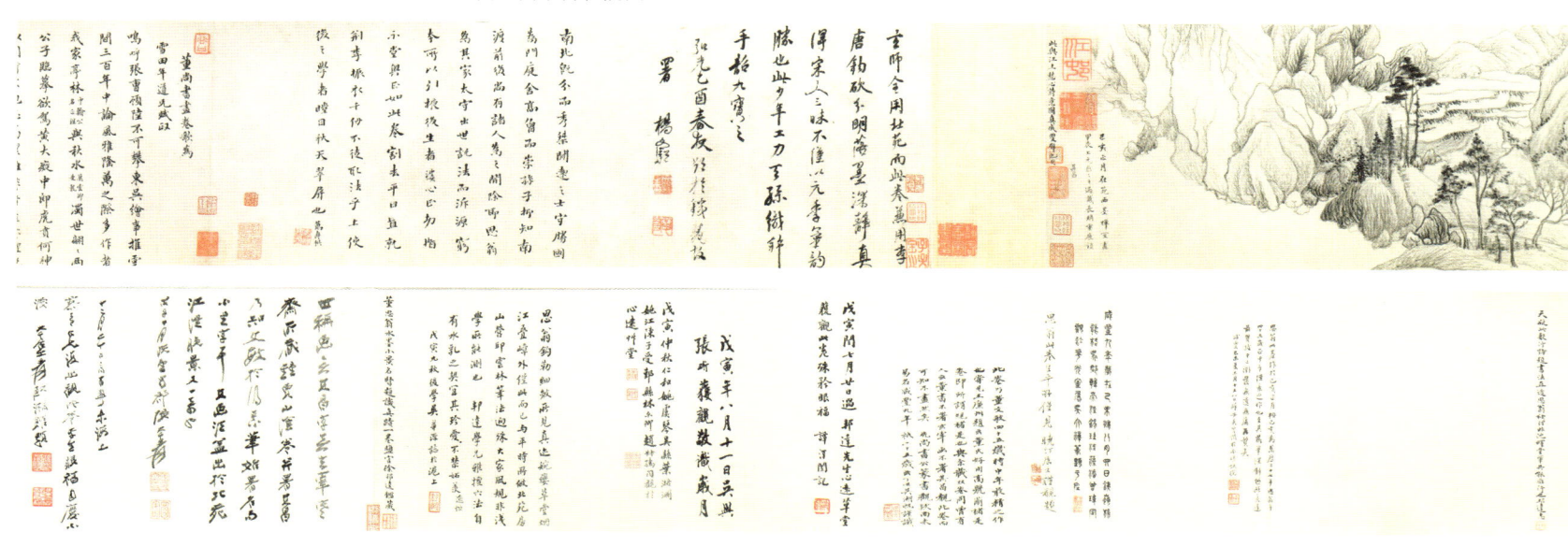

> 以渴笔干墨绘岢
> 陵逶迤，江流映
> 带，笔墨之美，
> 绝然出尘。

「相对柴门月色新」
——杜甫

月色、风声，在寂静而充满生机的空间中弥散开来。

柴门送客图
纸本浅设色
纵 121 厘米，横 57 厘米
明　周臣
南京博物院藏

春夜秉烛对酒，观乌目王山人制图，洒墨如风雨，时子惠弹三弦，清歌绕梁，令人惊魂动魄，如此胜会，他时念此不易得也。

癸亥春正月廿九夜寿平记

板桥枯柳草堂开，溪畔山僮报客来。同坐寒烟松竹里，雪中煮酒看庭梅。

板桥枯柳草堂开溪畔山僮报客来同坐寒烟松竹裏雪中煮酒看庭梅

春夜秉燭對酒觀烏目王山人製圖洒墨如風雨時子惠彈三絃清歌繞梁令人驚魂動魄如此勝會他時念此不易得也
癸亥春正月廿九夜壽平記

石谷王翚補修竹遠山

艷雪亭夜集為晉老道翁寫看梅圖 虞山楊晉

「秉烛对酒，赏梅雅集合。」

石谷王翚补修竹远山

艳雪亭夜集为晋老道翁写看梅图 虞山杨晋

艳雪亭夜集图

纸本浅设色

纵 79.4 厘米，横 39.8 厘米

清 王翚 杨晋

南京博物院藏

甲辰九月，舍素
以佳菊见赠，写此奉
答。王时敏

画得子久，前惟董文敏，
近独奉常烟翁，此帧乃为得意
之作，以舍素法眼故特赠之，
真不负此笔墨意，王鉴题。

钤"染香庵主"印（白文）

答赠菊作山水

纸本水墨
纵 128.4 厘米，横 57.2 厘米
清　王时敏
南京博物院藏

锦石秋花图

纸本设色
纵140.5厘米，横58.6厘米
清　恽寿平
南京博物院藏

高秋冷艳娇无力，红姿还是残春色。
若向东风问旧名，青帝从来不相识。
　　　　　壬戌长夏南田寿平

老松崖壁晚煙收白練空江天倒泳
以愛圖中風月好不須赤壁問重
游 甲子抄秋南田壽平

會是東坡夜半遊不知赤壁丐黃
州蘯君宮在江山勝究似當年七
月秋 庚申閏八月晦日題 許姮

庚申閏月廿有六日客冰雲精舍偶觀董思翁赤壁圖展
玩之餘古上人出紙索畫率筆為此不計工拙也
楊晉

是歲十月之望步自雪堂將歸於臨皋二客從余
過黃泥之坂霜露既降木葉盡脫人影在地仰見
明月顧而樂之行歌相答已而歎曰有客無酒有
酒無肴月白風清如此良夜何客曰今者薄暮
舉網得魚巨口細鱗狀如松江之鱸顧安所得酒乎
歸而謀諸婦,曰我有斗酒藏之久矣以待子不時
之需於是攜酒與魚復游于赤壁之下江流有
聲斷岸千尺山高月小水落石出曾日月之幾何
而江山不可復識矣余乃攝衣而上履巉巖披蒙
茸踞虎豹登虬龍攀棲鶻之危巢俯馮夷之幽
宮蓋二客不能從焉劃然長嘯草木振動山鳴谷
應余亦悄然而悲肅然而恐凜乎其不可留也反
而登舟放乎中流聽其所止而休焉時夜將半四顧
寂寥適有孤鶴橫江東來翅如車輪玄裳縞衣戛
然長鳴掠余舟而西也須臾客去余亦就睡夢一
道士羽衣翩躚過臨皋之下揖余而言曰赤壁之遊
樂乎問其姓名俛而不答嗚呼噫嘻我知之矣疇昔
之夜飛鳴而過我者非子也耶道士顧笑余亦驚
悟開戶視之不見其處
庚申閏八月下澣漁南野人朿書於卧雪樓

洞庭木葉動秋風影于天光一色敘此
扁舟夭堂浩歌邊待月明中
癸巳九秋寫於竹徳軒 龍山式

「惟江上之清风，
　与山间之明月。」

赤壁图
纸本设色
纵 26.7 厘米，横 58.6 厘米
清　杨晋
南京博物院藏

书无常形 笔以尚意

注重法度，成自家面貌。

「真生行，行生草，真如立，行如行，草如走，未有未能行立而能走者。」

草书后赤壁赋

纸本（磁青纸）　泥金　纵 24.5 厘米，横 101.4 厘米（书芯）　南宋　赵昚　辽宁省博物馆藏

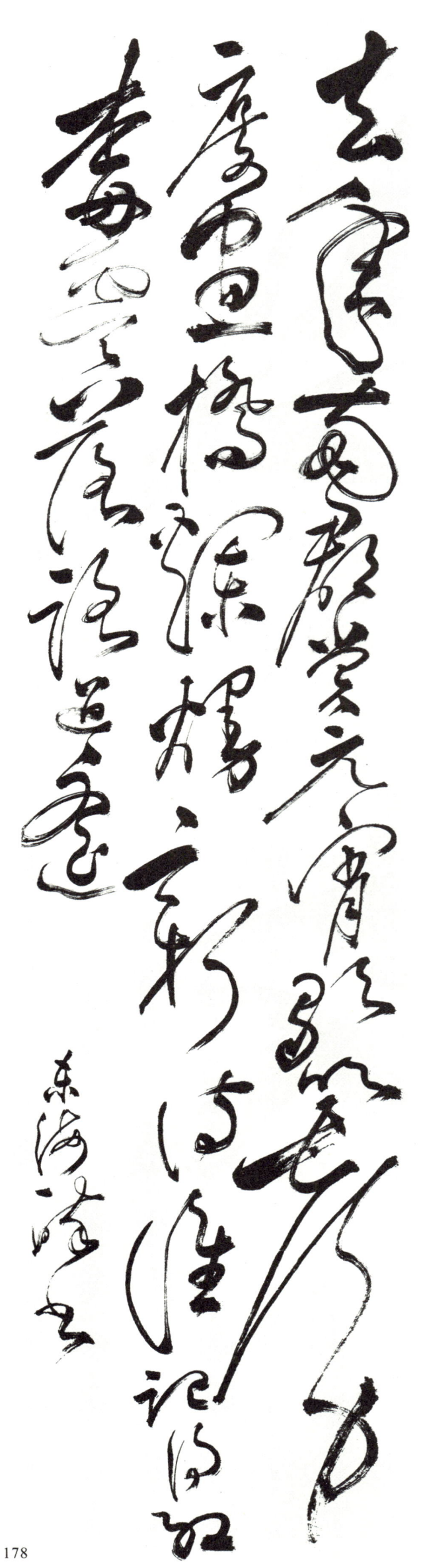

借元宵的灯火辉煌，表达对过往的追忆和惋惜。

「其笔势疾如风雨，矫如龙蛇，欹如堕石，瘦如枯藤。」

去年南郡赏元宵，歌舞声中度画桥。烂缦新诗谁记得，红梅零落路迢遥。

元宵有怀南安旧治

纸本草书
纵122厘米，横30.8厘米
明　张弼
南京博物院藏

紫云垂户结春阴，坐接群公奉玉音。薄识未胜甄别事，长才俱罄对扬心。大官供给珍羞满，常侍奔趋禁闼深。汉代贤良遗制在，披沙应喜得兼金。弘治癸丑廷试读卷作，吴宽。

「沉稳厚重，朴拙生意。」

学苏东坡字体痕迹明显。

廷试东阁阅卷诗
纸本行楷
纵 111.4 厘米，横 26.7 厘米
明 吴宽
天津博物馆藏

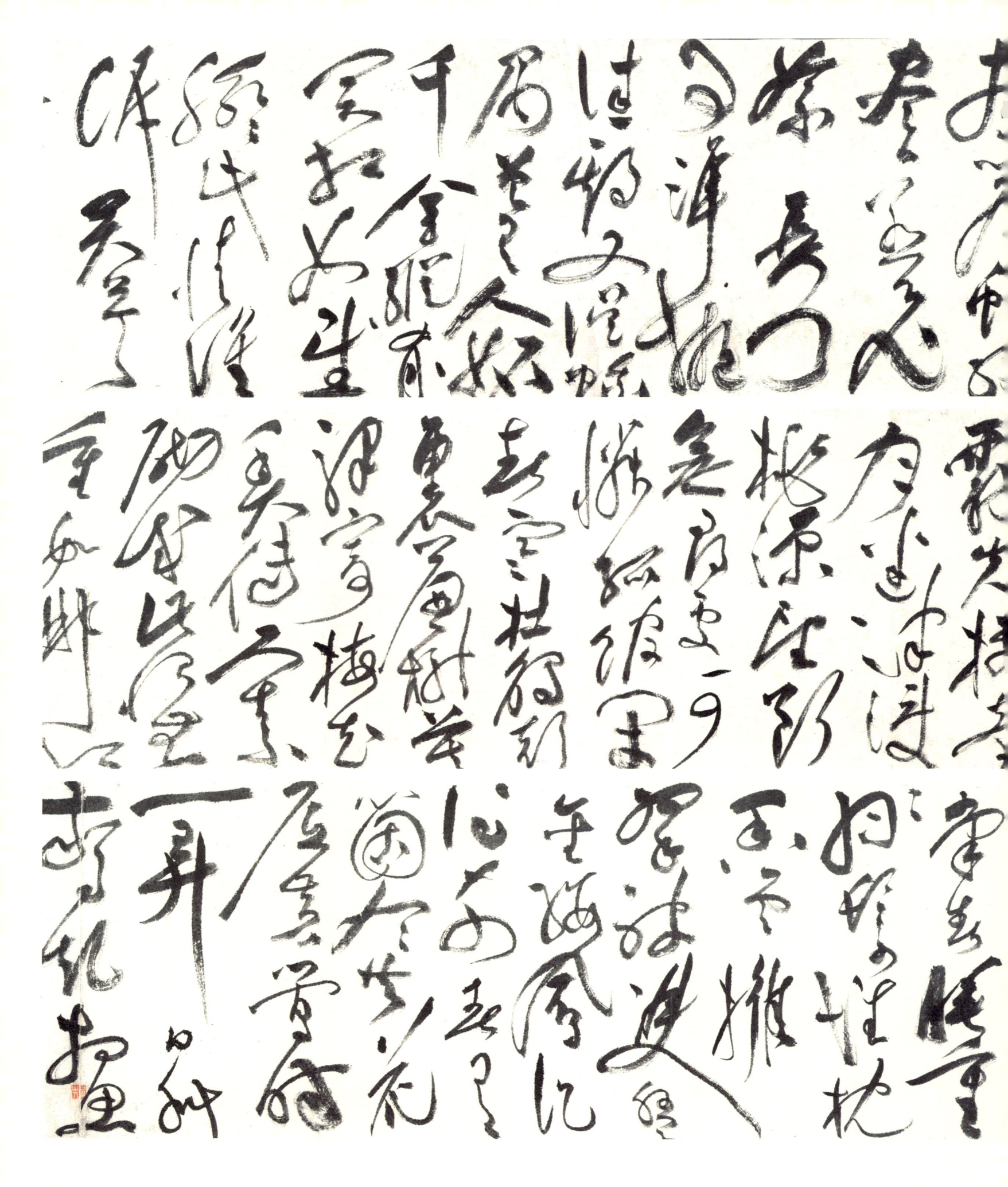

唐宋词（局部）

纸本　草书　纵37.2厘米，横675.5厘米（全）　明　祝允明　无锡博物院藏

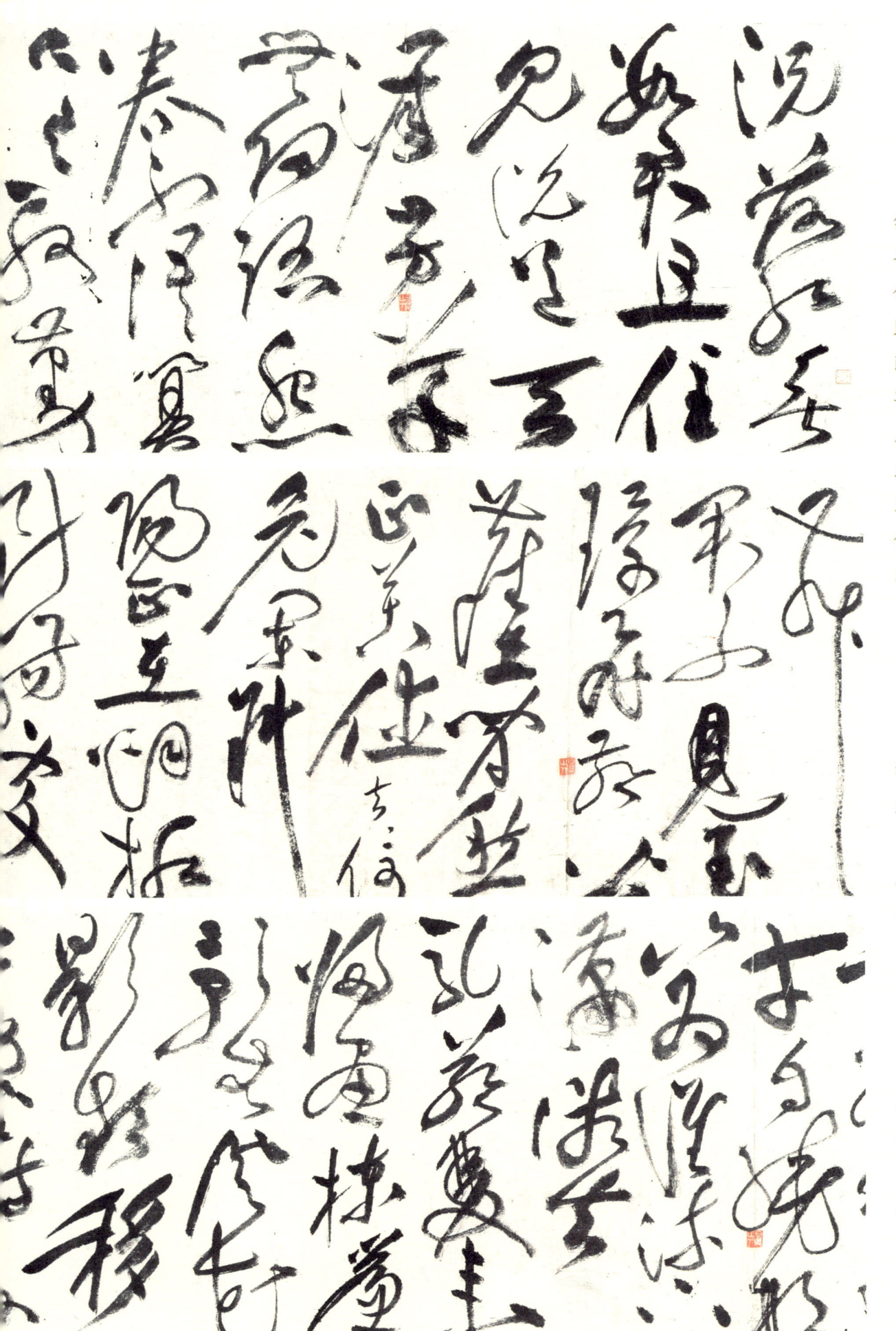

《摸鱼儿·更能消几番风雨》
南宋 辛弃疾

（更能消、几番风雨，匆匆春又归去。惜春长怕花开早，何）况落红无数。春且住，见说道、天涯芳草无归路。怨春不语。算只有殷勤，画檐蛛网，尽日惹飞絮。长门事，准拟佳期又误。蛾眉曾有人妒。千金纵买相如赋，脉脉此情谁诉？君莫舞，君不见、玉环飞燕皆尘土！闲愁最苦！休去倚危栏，斜阳正在，烟柳断肠处。

《踏莎行·雾失楼台》
北宋 秦观

雾失楼台，月迷津渡。桃源望断无寻处。可堪孤馆闭春寒，杜鹃声里斜阳暮。

驿寄梅花，鱼传尺素。砌成此恨无重数。郴江幸自绕郴山，为谁流下潇湘去。

《蝶恋花·海燕双来归画栋》
北宋 欧阳修

海燕双来归画栋。帘影无风，花影频移动。半醉腾腾春睡重。绿鬟堆枕香云拥。

翠被双盘金缕凤。忆得前春，有个人人共。花里黄莺时一弄。日斜惊起相思梦。

「刚中有柔，心画精奇。」

江城风雨恶春思正
两柳情何极风花
骄道宵呢怠漾萬地
旋起久负春游纳山
有梦招 顾心

五言律诗
绢本行草
纵 196.5 厘米，横 106.7 厘米
明　徐霖
南京博物院藏

奉天殿早朝二首

　　天外鸣鞭肃禁宸，朝廷献纳有司存。罘罳拂曙楼台迥，象魏连云观阙尊。

　　夹陛书思端万笏，上方求谏辟千门。宫墙树色深于染，总受天家雨露恩。

「苍劲有力，
富于变化。」

奉天殿早朝诗
纸本行书
纵 350.4 厘米，横 93.4 厘米
明　文徵明
南京博物院藏

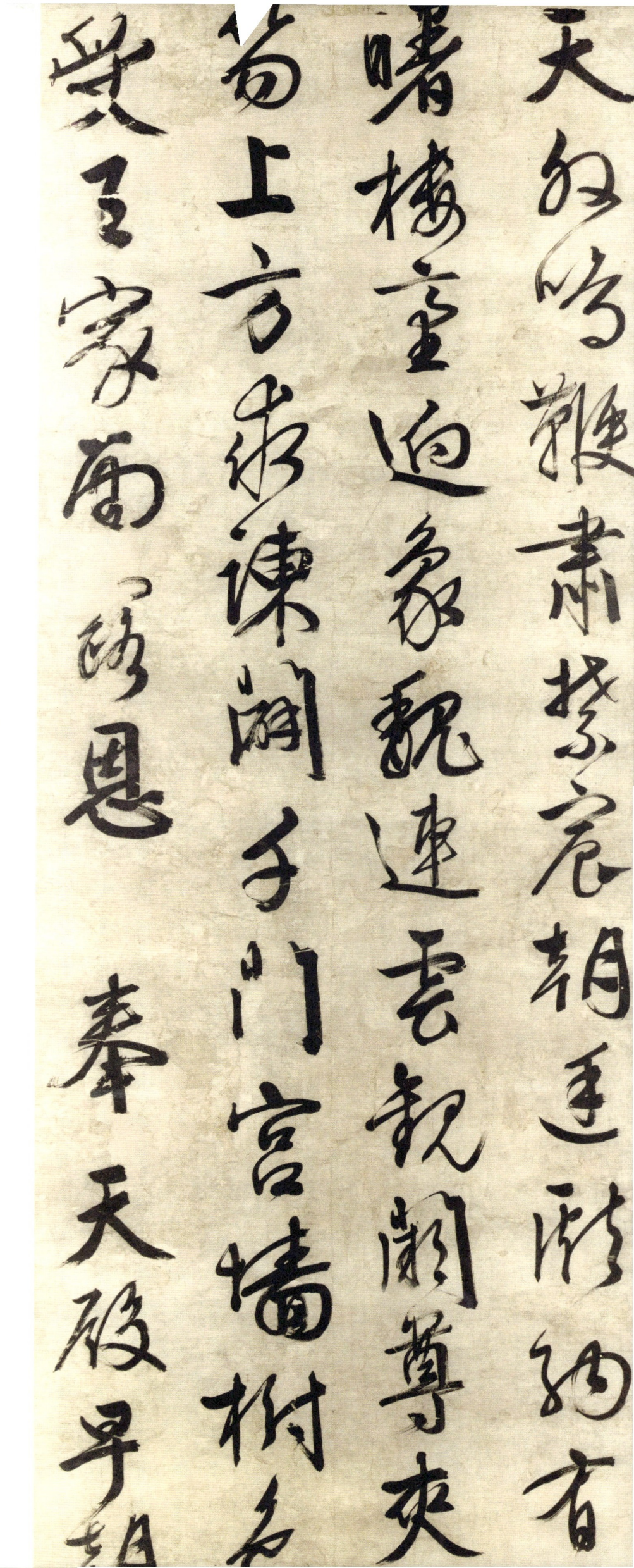

题武夷山图诗并临米帖

纸本（高丽贡笺） 行书 纵36.5厘米，横448厘米 明 董其昌 无锡博物院藏

「人书俱老，潇洒流畅。」

为同僚"圣棐相园"所书

张子房留侯赞。秦之鹿,椎其足。楚之猴,烹其头。汉之马,得天下。帝借公,公借帝。为韩来,报韩去。前黄石,后赤松。张子房,真英雄。眉公陈继儒撰并书。

「行云流水,米书笔意。」

张子房留侯赞
纸本(金笺)行书
纵 35.7 厘米,横 147.7 厘米
明 陈继儒
南京博物院藏

首雪地滌紫洲過雨
江深草閣老光輝

卷之一藏史

莫有松柏之操十八九卒於饥寒如此人者以教童蒙且不暇

仕宦而至將相富貴而歸故鄉此人情之所榮而今昔之所同也蓋士當窮時困阨閭里庸人孺子皆得易而侮之若季子不禮於其嫂買臣見棄於其妻一旦高車駟馬旗旄導前而騎卒擁後夾道聚觀喝導而至將相富貴而歸以鄉此之情之所榮者莫不夸耀咨嗟仰望咄嗟而至愚歸者翁嫗走駭汗羞愧俯伏以自悔罪於車塵

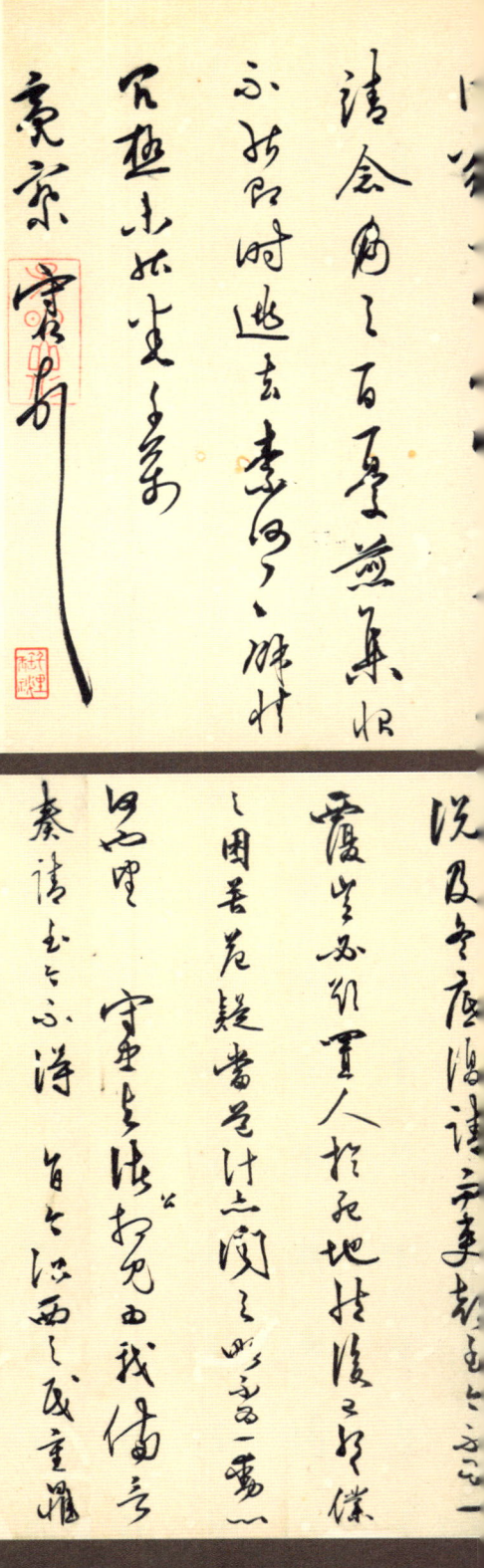

上朱侍御三札

纸本行书　纵25.4厘米，横13.8厘米（每页）共16页　明　王守仁　上海博物馆藏

「平淡天真，心手合一。」

裹疲涼來綠樹新篁欲送春古泉亭畔不逢人誰將一片雲林石遮斷千秋俗士塵肖初疲在潘氏三橋間覓錄

古泉亭畔不逢人誰將一片雲林石遮斷千秋俗士塵肖初疲在潘氏三橋間覓錄

用筆時須簧之實却筆虛則意靈之則無滯滯則神氣渾然神氣渾然則天工在是矣夫筆盡而意芒家虛皆靈石谷子寫山謝法不用一實筆金以渾運積成實家皆靈接詩文之理心水其秒紗只在虛實意則無盡令人詩然虛實相生意則無盡令人詩文亦佳總只是實

丁鶴道友

> 先生书于游行自在中,别见高雅秀迈之气。
> ——李兆落

题画诗文

纸本行书

纵18厘米,横65.5厘米

清 恽寿平

镇江博物馆藏

是刘墉写给纪晓岚的两封书信。

「文学与官场的双重交流。」

刘墉善书法，笔墨古厚，貌丰骨劲，与翁方纲、梁同书、
王文治齐名，并称"翁刘梁王"四大家。

刘墉的书法深受苏东坡影响，他的传世作品中"节书""节临"苏东坡
诗文的题材较多，对苏东坡的书法曾有"苏黄佳气本天真，姑射丰姿
不染尘。笔软墨丰皆入妙，无穷机轴出清新"的评价。

致纪晓岚二札

纸本行书 第一段纵 21 厘米，横 67 厘米 第二段纵 14.6 厘米，横 67.5 厘米 清 刘墉 南京博物院藏

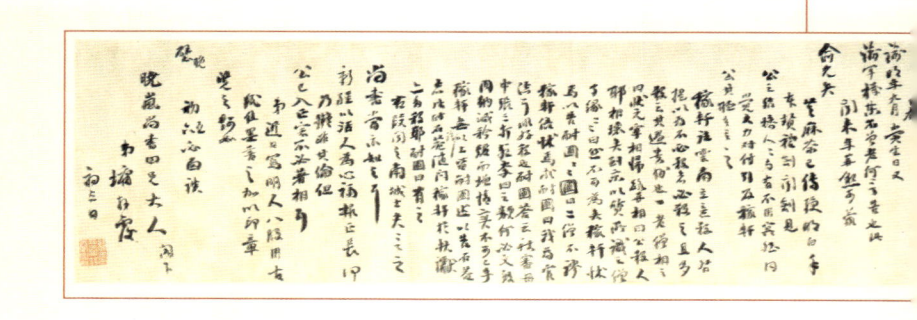

明代章士纯《耕者之所获》

这两通信札兼具实用性与艺术性，体现文人交流的独特风貌。

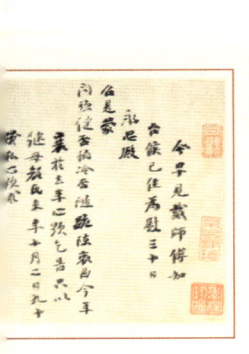

以至诚为道,以至仁为德
——《上初即位论治道二首·道德》

纪纲一废,何事不生?
——《上神宗皇帝书》

来而不可失者,时也;
蹈而不可失者,机也。
——《代侯公说项羽辞》

苟非吾之所有,
虽一毫而莫取。
——《前赤壁赋》

为国不可以生事,亦不可以畏事。
——《因擒鬼章论西羌夏人事宜札子》

博观而约取,
厚积而薄发。
——《稼说送张琥》

腹有诗书气自华。
——《和董传留别》

惟江上之清风，与山间之明月，耳得之而为声，目遇之而成色，取之无禁，用之不竭。

——《前赤壁赋》

犯其至难而图其至远

——《思治论》

物必先腐也，而后虫生之。

——《范增论》

古之立大事者，不惟有超世之才，亦必有坚忍不拔之志。

——《晁错论》

治其本，朝令而夕从；救其末，百世不改也。

——《关陇游民私铸钱与江淮漕卒为盗之由》

中国古典绘画流变图：苏轼文人画观的影响

❶ 史前

绘画
- 陶器上绘画
- 壁画：辽宁牛河梁红山文化女神庙壁画残片
- 岩画：以内蒙古、新疆、宁夏、云南、广西、江苏等地区的岩画最有代表性
- 地画：甘肃秦安大地湾地画（最早的独立完整人物画）

❷ 先秦（夏商周）

帛画　湖南长沙楚墓 ┬《人物龙凤图》┐ 引魂升天
　　　　　　　　　└《人物御龙图》┘

❸ 秦汉

- 画像石、画像砖—山东嘉祥武梁祠画像石（《荆轲刺秦王》）
- 绘画 ┬ 帛画：湖南长沙马王堆1号汉墓 出土T形帛画
　　　 └ 墓室壁画

❹ 魏晋南北朝

绘画
- 曹不兴（三国）："佛画之祖"，他的画被称为"吴国八绝"之一。
- 卫　协（西晋）："古画皆略，至协始精，六法之中，迨为兼善。"
- 顾恺之（东晋）：创"高古游丝描"。《女史箴图》《列女仁智图》《洛神赋图》。
- 陆探微（南朝宋）：擅人物画，密体、秀骨清像
- 张僧繇（南朝梁）："张家样"、疏体
- 曹仲达（北齐）："曹家样""曹衣出水"，以佛像著称。

"六朝三杰"

绘画遗迹
- 新疆吐鲁番出土的《地主庄园图》是我国已知最早的保存完好的纸本绘画。
- 《竹林七贤与荣启期》砖画

画论
- 顾恺之："以形写神""迁想妙得"。
- 宗炳：《画山水序》"以形写形、以色貌色"。

文人参与绘画创作，"士大夫绘画"。

开创水墨渲染，首倡"诗画一体"。

❺ 隋唐

人物
- 初唐—阎立本：《历代帝王图》《步辇图》
- 盛唐
  - 吴道子："吴带当风"，被尊为"画圣"。《送子天王图》
  - 张　萱：《捣练图》《虢国夫人游春图》
  - 周　昉：擅画水月观音，被称为"周家样"。《挥扇仕女图》《簪花仕女图》
- 晚唐—孙　位：《高逸图》

山水
- 南宗（水墨山水）
  - 王　维：文人画之祖。《江干雪霁图》《伏生受经图》
  - 张　璪：提出"外师造化，中得心源"。
  - 王　洽：擅长泼墨。
- 北宗（青绿山水）
  - 展子虔：《游春图》，山水画进入"青绿重彩"新阶段。
  - 李思训：《江帆楼阁图》，山水之变成于二李
  - 李昭道：《明皇幸蜀图》

  "大小李将军"

花鸟
- 边鸾：花鸟画之祖，花鸟成为独立画科。
- 薛稷：擅画鹤
- 韩干：《照夜白图》《牧马图》
- 韦偃：《双骑图》
- 曹霸：修缮《凌烟阁功臣图》
- 韩滉：《五牛图》

画史—张彦远：《历代名画记》，中国第一部绘画通史著作。

❻ 五代

人物
- 周文矩：《重屏会棋图》《宫中图》《文苑图》
- 顾闳中：《韩熙载夜宴图》

山水
- 北方重峦峻岭
  - 荆浩：《匡庐图》（全景式构图）
  - 关仝：《关山行旅图》《山溪待渡图》
- 南方秀丽风光
  - 董源：《潇湘图》《夏景山口待渡图》
  - 巨然：《夏山图》《龙宿郊民图》《万壑松风图》

花鸟
- 西蜀—黄筌：《写生珍禽图》，"黄家富贵"。
- 南唐—徐熙：《玉堂富贵图》，"徐熙野逸"。

❼ 两宋

人物
- 武宗元：《朝元仙仗图》
- 李公麟：白描《五马图》《临韦偃牧放图》《维摩诘图》
- 梁楷：减笔人物画，《太白行吟图》《六祖截竹图》《泼墨仙人图》
- 张择端：《清明上河图》（世俗画）
- 苏汉臣：《婴戏图》《秋庭戏婴图》
- 李嵩：钉头鼠尾描，尤长界面。《货郎图》

北宋山水
- 李成："气象萧疏，烟林清旷"《读碑窠石图》《寒林平野图》
- 范宽：关陕山水、雪景，"得山之骨""与山传神"《溪山行旅图》《雪景寒林图》
- 郭熙：《早春图》《窠石平远图》"卷云皴"蟹爪枝
- 小景山水：赵令穰《湖庄清夏图》
- 米氏云山：米芾、米友仁，《潇湘奇观图》《云山得意图》
- 王希孟：《千里江山图》

南宋四家
- 李唐：《万壑松风图》《采薇图》（开创了南宋空灵雅秀院体山水画风）
- 刘松年：《四景山水图》
- 马远：《踏歌图》《寒江独钓图》
- 夏圭：《山水二十图景·渔笛清幽》《溪山清远图》

马一角夏半边

花鸟
- 院体
  - 黄居寀：《山鹧棘雀图》
  - 崔白：《双喜图》革新北宋院体画
  - 赵佶：《芙蓉锦鸡图》《瑞鹤图》
- 题材
  - 四君子：梅、兰、竹、菊。
  - 三友人：松、竹、梅。
- 文人
  - 苏轼：文人画家代表，《枯木怪石图》《潇湘竹石图》
  - 竹：文同，"湖州竹派"
  - 梅：始自华光和尚，成就最高扬补之，《四梅花卷》
  - 兰：无根兰郑思肖，"纯是君子，绝无小人"，《墨兰图》

绘画理论
- 郭熙：《林泉高致》"三远"
- 赵佶：主持编纂《宣和画谱》
- 郭若虚：《图画见闻志》
- 邓椿：《画继》

❿ 清

- 清初绘画
  - 清六家（摹古）
    - 四王：王时敏、王鉴、王原祁（熟不甜，生不涩，淡而厚，实而清）、王翚
    - 吴恽：吴历、恽寿平（"色染水量"《锦石秋花图》《牡丹图》）
  - 清四僧（革新）
    - 朱耷：号八大山人，"墨点无多泪点多" "白眼瞪天"
      《荷石水鸟图》《芦雁图》《枯木寒鸦图》
    - 石涛：号苦瓜和尚，"吾自用吾法，借古以开今"
      《搜尽奇峰打草稿图》
    - 弘仁：号渐江学人，新安画派代表人物。
    - 髡残：石溪 《层岩叠壑图》
  - 海阳四大家：弘仁、查士标、孙逸、汪之瑞

- 清中绘画
  - 诗画文人
    - 郑燮/郑板桥：诗书画世称"三绝" "眼中之竹"到"胸中之竹"
      再到"手中之竹"《竹石图》；"六分半书"，板桥体。
    - 李鱓
    - 李方膺
  - 一生布衣
    - 金农：扁体书法"漆书"
    - 高翔
    - 汪士慎
  - 职业画家
    - 罗聘：《鬼趣图》，讽刺现实尤为著名。
    - 黄慎：《石榴图》"绘画当以不似之似为真似"，《渔翁渔归图》。
    - 华喦

  （扬州八怪）

  - 宫廷绘画—郎世宁：《嵩献英芝图》《百骏图》
  - 仕女画
    - 改琦：《红楼梦图咏》
    - 费丹旭：《十二金钗图》

- 晚清绘画
  - 海上画派
    - 文人画+民间美术＝雅俗共赏
    - 未定居上海：赵之谦、虚谷。
    - 海上三任：任熊、任薰、任颐。
  - 吴昌硕—晚期代表人物，《葫芦图》，西泠印社首任社长。

苏东坡的文人画理念

① "论画以形似、见与儿童邻"。
② 追求"象外之意"，重写意。
③ 区分"士人画"与"画工画"。
④ 追求文人修养与意境的表达。

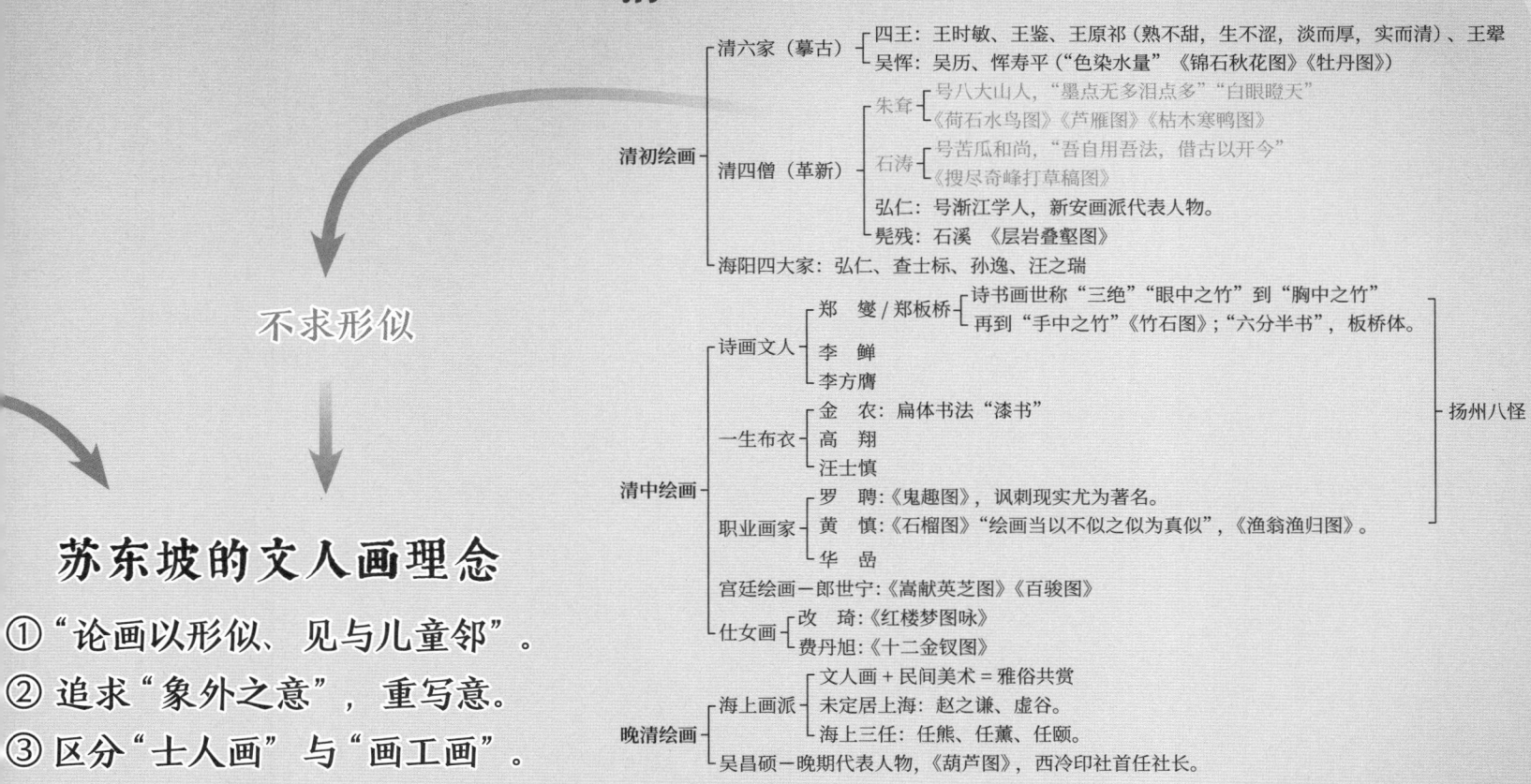

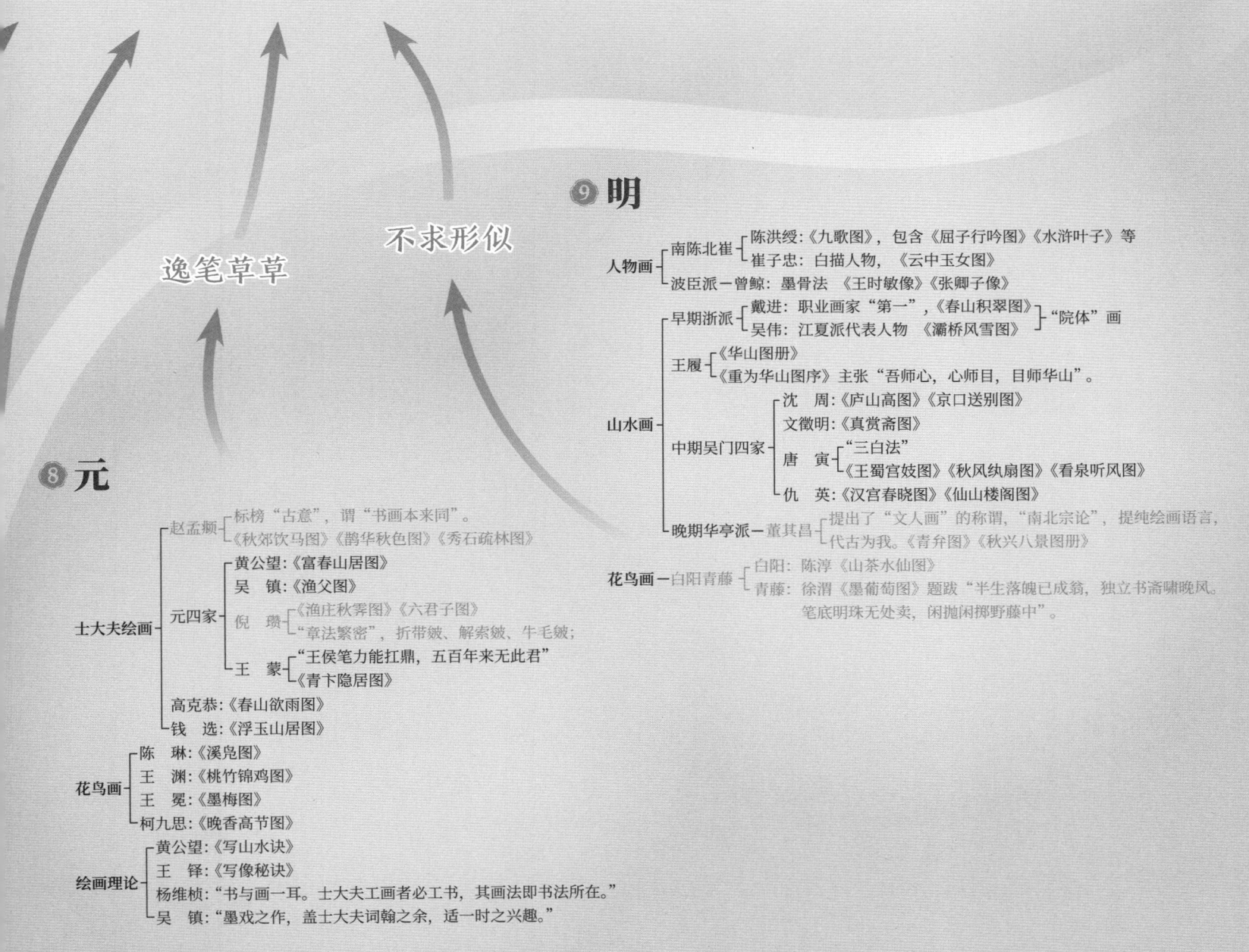

不求形似

不求形似

逸笔草草

❾ 明

- 人物画
  - 南陈北崔
    - 陈洪绶：《九歌图》，包含《屈子行吟图》《水浒叶子》等
    - 崔子忠：白描人物，《云中玉女图》
  - 波臣派—曾鲸：墨骨法《王时敏像》《张卿子像》

- 山水画
  - 早期浙派
    - 戴进：职业画家"第一"，《春山积翠图》
    - 吴伟：江夏派代表人物 《灞桥风雪图》
    "院体"画
  - 王履：《华山图册》
    《重为华山图序》主张"吾师心，心师目，目师华山"。
  - 中期吴门四家
    - 沈周：《庐山高图》《京口送别图》
    - 文徵明：《真赏斋图》
    - 唐寅："三白法"
      《王蜀宫妓图》《秋风纨扇图》《看泉听风图》
    - 仇英：《汉宫春晓图》《仙山楼阁图》
  - 晚期华亭派—董其昌：提出了"文人画"的称谓，"南北宗论"，提纯绘画语言，
    代古为我。《青弁图》《秋兴八景图册》

- 花鸟画—白阳青藤
  - 白阳：陈淳《山茶水仙图》
  - 青藤：徐渭《墨葡萄图》题跋"半生落魄已成翁，独立书斋啸晚风。
    笔底明珠无处卖，闲抛闲掷野藤中"

❽ 元

- 士大夫绘画
  - 赵孟頫：标榜"古意"，谓"书画本来同"。
    《秋郊饮马图》《鹊华秋色图》《秀石疏林图》
  - 元四家
    - 黄公望：《富春山居图》
    - 吴镇：《渔父图》
    - 倪瓒：《渔庄秋霁图》《六君子图》
      "章法繁密"，折带皴、解索皴、牛毛皴；
    - 王蒙："王侯笔力能扛鼎，五百年来无此君"
      《青卞隐居图》
  - 高克恭：《春山欲雨图》
  - 钱选：《浮玉山居图》

- 花鸟画
  - 陈琳：《溪凫图》
  - 王渊：《桃竹锦鸡图》
  - 王冕：《墨梅图》
  - 柯九思：《晚香高节图》

- 绘画理论
  - 黄公望：《写山水诀》
  - 王绎：《写像秘诀》
  - 杨维桢："书与画一耳。士大夫工画者必工书，其画法即书法所在。"
  - 吴镇："墨戏之作，盖士大夫词翰之余，适一时之兴趣。"

中国书法简史图：苏轼书法的价值

❶ 新石器时代
陶器文—刻在陶器上的史前文字

❷ 商周

商—甲骨文
- 刻在龟甲或兽骨上，记录当时占卜的内容
- 特点：多直线，微带曲笔，长方形字
- 意义：是汉字的祖先，是书法艺术史的开端

周—金文
- 出现：商朝中期，流行于商周
- 名字由来：周以前把铜叫作金，青铜器以钟鼎为主，又名钟鼎文
- 特点：笔画趋于圆润，结构疏密有致，字形均衡，布局整齐
- 代表作：大盂鼎，西周早期，铭文19行，291字
  - 大克鼎，西周中期
  - 毛公鼎，西周晚期，32行497字，金文最长者

❸ 春秋战国

石刻文
- 也叫石鼓文，是石刻之祖
- 名字由来：传世最早的石刻文字，因石成鼓形而得名
- 特点：结字严密，笔法圆劲，布局匀称，大篆向小篆过渡的形态

竹木简牍
- 出现：最早可追溯到商周时期
- 代表作：《睡虎地秦墓竹简》《包山楚简》
- 意义：简化了篆书的笔画和结构

帛书—又名缯书，已出土楚帛书和汉帛书。

❹ 秦汉

秦
- 小篆—形体长方，用笔圆转，笔势瘦劲俊逸
  - 代表作：《泰山刻石》《峄山刻石》《琅琊刻石》
- 秦隶—易圆以方，笔画简便，形体仍有篆书痕迹

汉
- 篆书—多用于官方高级文书，笔法多样
- 隶书
  - 东汉时期隶书高度成熟
  - 特点：用笔技巧更丰富，在波挑中充分发挥笔毫的变化。
    - 一波三折，蚕头燕尾
  - 代表作：四大汉碑《礼器碑》《曹全碑》《张迁碑》《史晨碑》
    - 汉三颂：《石门颂》《西狭颂》《郙阁颂》
    - 《乙瑛碑》
- 草书
  - 汉代新出现的一种字体，分为章草和今草
  - 章草：是早期的草书，始于秦汉，由隶书演变而来，是今草的前身。其保留隶书笔画的行迹，上下字独立，基本不连写
  - 特点：字形扁平，字字分离不连写
  - 张芝：创今草，被称为"草书之祖"。
- 飞白书

❺ 魏晋南北朝

草书—陆机—西晋书法家，介于今草和章草之间（《平复帖》）

楷书—钟繇
- 师从蔡邕，楷书之祖
- 古雅浑朴，圆润遒劲，笔法精简
- 《宣示表》

行书
- 用笔特点：
  - 以侧峰用笔居多；以欹侧代替平整；
  - 以简省的笔画代替繁复的点画；
  - 以钩、挑、牵丝来加强点与画的呼应；
  - 以圆转代替方折
- 二王
  - 王羲之
    - 变革行书与楷书，《兰亭集序》"天下第一行书"（《快雪时晴帖》）
    - 楷书：《黄庭经》《换鹅帖》
    - 变章草为今草，创造新书体（《初月帖》《十七帖》）
  - 王献之
    - 秀美飘洒，灵动自然
    - 《中秋帖》《鸭头丸帖》
    - 一笔书
- 王珣—《伯远帖》无勾摹痕迹，潇洒古澹。

承继晋唐书风

❻ 隋唐

隋朝—智永：创永字八法，《真草千字文》

初唐楷书四大家
- 欧阳询：笔力险峻，笔势方正，瘦硬（楷书：《九成宫醴泉铭》；行书：《梦奠帖》）
- 虞世南：书体圆润，遒丽多姿（楷书：《孔子庙堂碑》；行书：《汝南公主墓志铭》）
- 褚遂良：方正挺拔，含有北碑风韵（《雁塔圣教序》《伊阙佛龛碑》《大字阴符经》）
- 薛稷

楷书的创新—颜筋柳骨
- 颜真卿
  - 横平竖直，丰腴雄强，结体宽博大度，字字严谨
  - 点如坠石，画如夏云，钩如屈金，戈如发弩
  - 楷书：《大唐中兴颂》《颜家庙碑》；
  - 行草书：《祭侄文稿》《争座位帖》
- 柳公权
  - 偏重骨力，顿挫转折明确，楷书清健遒劲，结体严谨
  - 楷书：《玄秘塔碑》《神策军碑》；
  - 行书：《蒙诏帖》

草书的创新·狂草—颠张狂素
- 张旭
  - 擅狂草，千变万化，气势绵延，富有节奏感
  - "草圣"；《古诗四帖》《肚痛帖》
- 怀素
  - 以狂草名世，与张旭齐名；其字如劲蛇走龙，骤雨狂风
  - 《食鱼帖》《自叙帖》《圣母帖》

⑪ 清

王铎：《雒州香山作》
傅山：《右军大醉诗轴》宁拙勿巧
朱耷：题《河上花图》
金农：《漆书汲古处和四言联》
邓石如：《白氏草堂记》
伊秉绶：《临西狭颂》
吴昌硕：《节临石鼓文》
清代碑学"拙朴"

⑩ 明

追求形式美，注重抒发个人情怀，将帖学书法推向新高度
台阁体：一种明代官场书体
三宋：宋克、宋广、宋遂
二沈：沈度、沈粲

几大书法家
- 文徵明：《醉翁亭记》
- 祝允明：《草书诗帖》
- 王宠：《游包山集》
- 徐渭：《应制咏剑诗》

晚明多家
- 倪元璐：《赠乐山五言律诗轴》
- 黄道周：《孝经定本》册
- 张瑞图
- 董其昌：《试笔帖》 以禅论书思想 "以淡为宗"的禅意书风
- 米万钟

"萧散简远"的意境

"丑中见美"

苏东坡的书法

① "尚意"理念突破唐代法度。
② "我书意造本无法，点画信手烦推求"。
③ 独创"石压蛤蟆体"
④ "诗画本一律"
⑤ 确立"士人书法"正统地位

"游戏翰墨"的精神

⑨ 元

赵孟頫
- 楷书四大家之一
- 最先在画上题诗，提倡书画一体，"书画同源"。
- 崇尚二王，楷书行书皆所长，兼备诸体
- 《洛神赋卷》《书〈帝师胆巴碑〉》卷

杨维桢：《真镜庵募缘疏卷》"铁崖体"书法

鲜于枢

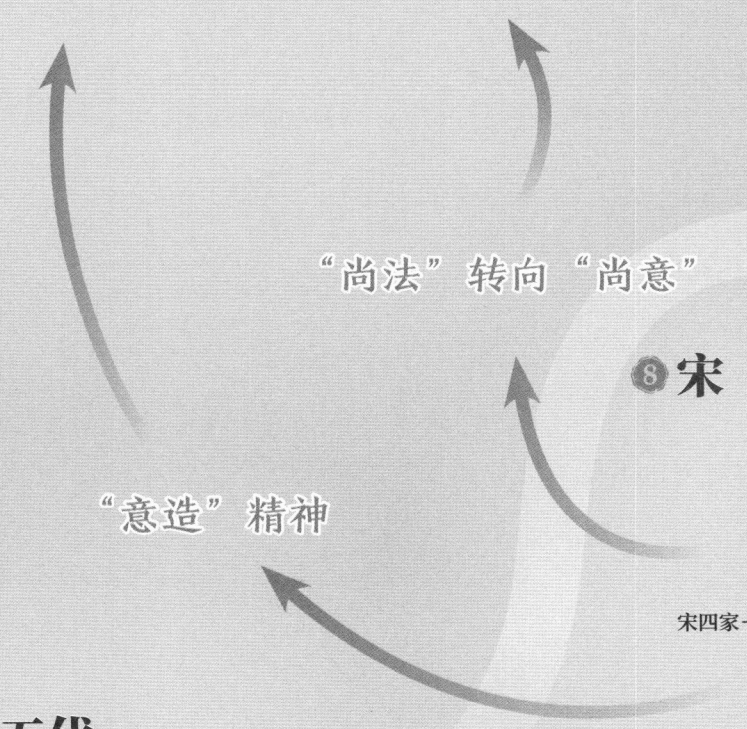

"尚法"转向"尚意"

⑧ 宋

宋四家
- 苏轼
  - 用笔多取侧势，结体扁平稍肥，侧卧笔
  - "石压蛤蟆"
  - 《黄州寒食诗帖》（天下第三行书）
- 黄庭坚
  - 擅草书，楷书自成一家，中宫紧致，四周伸展的"辐射式书法"
  - "树梢挂蛇"
  - 《松风阁诗帖》《廉颇蔺相如列传》
- 米芾
  - 恪守晋法，崇尚"二王"，尤其擅长临摹
  - 追求平淡天真的意趣
  - "八面出锋"
  - 行书：《蜀素帖》《珊瑚帖》
- 蔡襄
  - 讲究结构，运笔严谨，很少放纵之笔，平和蕴藉、端庄婉丽
  - 楷书：《万安桥记》
  - 行书：《澄心堂纸帖》

宋徽宗
- 创立瘦金体
- 瘦直挺拔，结体内紧外展，顿挫分明，收放有致
- 《千字文》

张即之：楷书结构严谨、端庄（《汪氏报本庵记卷》）

"意造"精神

⑦ 五代

杨凝式
- 绰号杨疯子，工于行草，尤工狂草
- 《韭花帖》（天下第五行书）《神仙起居法》

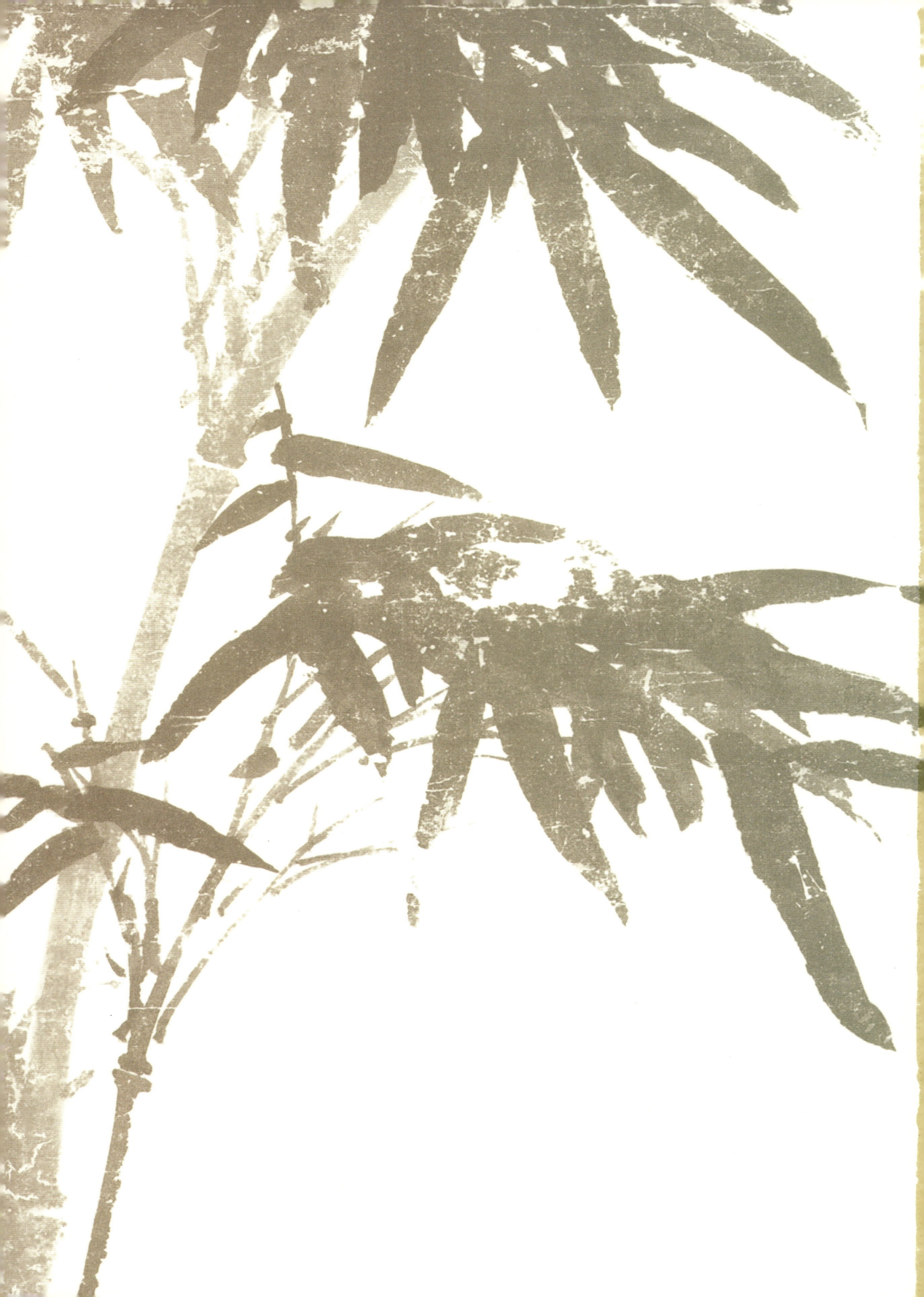